SCIENCE FICTION HEUTE
IST DIE REALITÄT MORGEN

Renate & Uwe H. Sültz
Bücher von A bis Z

R.G.WARDENGA

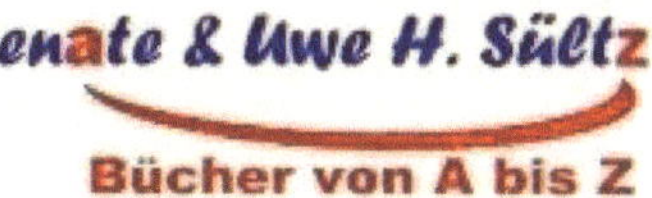

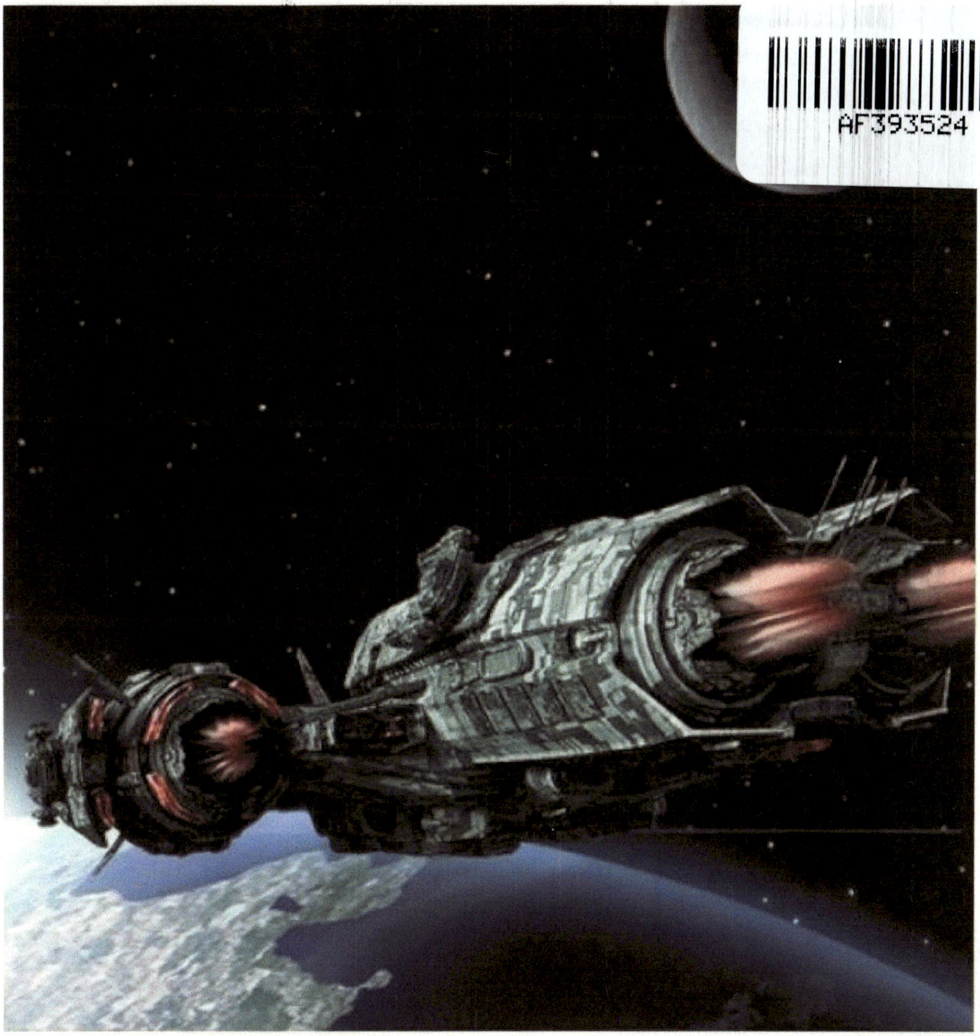

BoD - Books on Demand
Norderstedt 2021

Bibliografische Information durch die Deutsche Nationalbibliothek
Die Deutsche Nationalbibliothek verzeichnet diese Publikation in der
Deutschen Nationalbibliografie; detaillierte bibliografische Daten
sind im Internet über http://dnb.dnb.de abrufbar.

I'LL

BE

BACK

© Renate & Uwe H. Sültz
Herstellung und Verlag
BoD – Books on Demand, Norderstedt
ISBN 9-78375-2-68448-3

<u>**Mission X – Was war vor dem Urknall?**</u>

New York 2066 - Vassar College:

„Wir kommen nur zum Ziel, wenn wir Ursache und Wirkung aus unserem Denken verbannen. Ich sehe einen Fluss, der kommt zustande, weil es regnet. Der Regen kommt aus Wolken, die über den Meeren durch Wärme entstehen. Die Wärme schickt die Sonne. Die Sonne, unsere Erde, ja, die gesamte Materie entstanden und entstehen noch im Weltall. Das Weltall entstand beim Urknall, dem Big Bang. Und der Big Bang, dieses vielleicht nur stecknadelgroße Ding, entstand … tja, das meine lieben Zuhörer gilt es herauszufinden. Mithilfe der Weltraummission ELISA, Evolved Laser Interferometer Space Antenna, die wir 2034 ins All gestartet haben, können wir nun mit den Daten genau sagen, wo der Urknall stattfand. Es lassen sich nun die Gravitationswellen messen, die vom Big Bang übriggeblieben sind. Kommen wir nun zu den verschieden Theorien. Ich beginne mit der Planck-Dichte … … … ", und Professor Hendricks fuhr später fort. „Wichtig ist, dass der Urknall nicht in einem bereits vorhandenen leeren Raum stattfand. Mit ihm entstanden erst Raum, Zeit und Materie. Es muss ein unendlich kleiner Punkt gewesen sein, wir nennen es Singularität, wobei sich die Raumzeit so sehr um das Objekt gekrümmt hat, dass eine Größenangabe nicht möglich ist.

Singularitäten innerhalb eines normalen Schwarzen Lochs, sind von einem Ereignishorizont umgeben. Ob auch Singularitäten ohne Ereignishorizont, sogenannte Nackte Singularitäten, existieren, ist irgendwann einmal festzustellen."

Unter den Studenten war die ehrgeizige Lydia McCormick. Ihr Ziel war die Erforschung was vor dem Urknall war. Ebenfalls reizte es sie unendlich, herauszufinden, ob es sich beim Urknall um eine Nackte Singularität handelte. Das heißt, um den Urknall herum spielte sich nichts ab. Bei einem Schwarzen Loch ist das ja der Fall. Dazu musste sie lernen, genauso wie es Professor Hendricks sagte, dass wir Ursache und Wirkung aus unserem Denken verbannen.

Im Laufe vieler Jahrzehnte entwickelte McCormick Theorien, die viele ihrer Kollegen für Hirngespinste hielten. So war es ihre Ansicht, dass der Raum, der sich ja ständig ausdehnt, mit einer Erinnerungssignatur behaftet ist. Soll heißen, die Erde dreht sich um die Sonne. Die Sonne um das Schwarze Loch in unserer Milchstraße. Das ganze bleibt aber nie an der gleichen Stelle, sondern driftet von anderen Galaxien ab. Jeden Tag, jede Stunde, jeden Minute und jede Sekunde befinden wir uns in einem jungfräulichen und nicht programmierten Raum.

Natürlich kann durch diesen Raum bereits eine andere Galaxis geflogen sein. Computermodelle werde dies zeigen.

Aber eher weniger die Gedanken, Geräusche, Bilder und Taten von Menschen oder Wesen anderer Planeten. McCormick träumte von einem Mess- und Analysegerät, um 4 Dimensionen + X aufzeichnen und sichtbar machen zu können. Die 4 Dimensionen, also der dreidimensionale Raum und Zeit als vierte Dimension, sind verständlich. X bedeutet dabei die Signatur im Raum, das Denken, die Musik, die Bilder und die Taten von denkenden Wesen, etwa der Menschheit.

Zu Lebzeiten wurde Lydia McCormick zur Professorin ernannt. Beruflich und privat arbeitete sie an ihrem Analysegerät. Sie legte, im Alter von 78 Jahren, der Vereinigung USA-SF ihre Theorien vor. Aus gesundheitlichen Gründen bat sie um Fortführung ihrer Ergebnisse. So war es dann auch. In New York wurde ein Institut eingerichtet, um weiter zu forschen. Nach ihrem Tod würde ein eventuelles Analysegerät „McCormick 4D+X" genannt.

200 Jahre später wird McCormicks Idee Wirklichkeit. Das Gerät funktioniert. Mord und Totschlag gibt es auf der Erde fast nicht mehr. Denn das Gerät wird zur Wahrheitsfindung eingesetzt.

Jede Polizeistation arbeitet nun mit dem „McCormick 4D+X". Wie ist der Ablauf der Messung? Auszug aus dem Polizei-Bericht NY-CFG 5644: „Detektiv Johnsen und ich wurden zu einem Mord in die Mercury-Street 65 gerufen. Eine 44 jährige Frau lag leblos auf dem Boden. Eine Nachbarin rief uns. Fingerabdrücke werden heutzutage nicht mehr benötigt. Wir stellten sogleich die 4D+X Box auf. So nennen wir die McCormick 4D+X Apparatur. Dazu müssen wir Parabolantennen aufstellen, die in Richtung der abgelaufenen Erdbewegungsrichtung zeigen, die andere Seite, also um 180 Grad gedreht, wäre die Zukunft. Eine etwaige Todeszeit wäre nützlich, aber auch nur zur Beschleunigung für das Ergebnis. Das Gerät zeigt nun auf einem Bildschirm an, was im Haus passiert ist. Wir zeichneten den Ablauf auf. Leider stand die Nachbarin verbotener Weise dabei. Sie schrie plötzlich auf und erkannte ihren Ehemann auf dem Bildschirm. Dieser erschlug die 44 Jährige."

Weitere 150 Jahre später haben es die Menschen geschafft aus dem Körper auszutreten und in Androiden zu gehen, um z.B. im Weltraum Arbeiten durchzuführen.

Kurze Zeit später gelang der Durchbruch mit Energieblasen und dem menschlichen Geist, bzw. einer Crew von menschlichen Geistern, mit Überlichtgeschwindigkeit durchs Weltall zu fliegen. Die Energieblasen fungierten dabei wir Raumschiffe.

2511 - Mittlerweile ist das Messgerät lange schon in jedem Menschen von Geburt an als Schwingungsmuster in den Gehirnen einprogrammiert. Es ist eine Ehre Mensch zu sein. Es wird geforscht. Das Böse ist vollkommen ausgeschaltet. Geld, Macht und

Luxus existieren nicht mehr. Der Planet Mars ist schon lange ein Ort der Erholung geworden. Bereits vor über 500 Jahren wurde vermutet, dass alle Informationen, die es seit dem Urknall gibt, in jeder Zelle in uns vorhanden sind. Vielleicht sogar in jedem Baum, Stein und sogar in jedem Wassertropfen. Zumindest war es die Aussage von R. G. Wardenga. Je nach Wahrnehmung, also der Sensorik der Menschen, können sie weit in die Vergangenheit mit der 4D+X-Sinnessensorik forschen. In die Vergangenheit bedeutet dabei der Raum, den die Erde, bzw. der Ort des Geschehens, durchschritten ist. Denn dieser Raum ist ja nun mit einer Signatur versehen. Eigentlich wird diese Fähigkeit nicht mehr benötigt.

Aber eine Sache, eine Mission, wäre da noch zu erforschen. Jeder Wissenschaftler erinnert sich an die Theorien der Professorin McCormik, die den Urknall untersuchen wollte. Jetzt endlich gab es eine Option, dies durchzuführen, denn das feststoffliche Gerät könnte man nie zum Platz des Urknalls bringen. Jetzt aber, mit dem geistigen Ausstiegs aus dem Körper und dem Einstieg in eine Energieblase, wäre es möglich, an den Ort zu fliegen, an dem alles begann.

 New York 2566 - Vassar College:

„Es ist zu beweisen, dass es sich beim Urknall um eine Nackte Singularität handelte. Außerdem sollte die Frage gestellt und beantwortet werden, ist der Urknall intelligent gewesen, kann eine Intelligenz nachgewiesen werden oder hat das Ding sogar denken können. Wir haben nun das Team zusammengestellt, welches den ursprünglichen Startpunkt alles Seins besuchen wird.", so Professorin Norma Segal.

Das Team besteht aus 6 Professorinnen und 2 Professoren. Das Raumschiff besteht aus einer Energieblase und wird von der Erde aus programmiert und gesteuert. Überwacht wird das Ganze von Captain Jeff Collins.

Zur Erklärung: Materielle Raumschiffe gibt es seit über 150 Jahren nicht mehr. Körper werden ebenso nicht gebraucht, würden in dieser Energieumgebung und den Geschwindigkeiten auch nicht überleben. Die Dunkle Energie stellt den Antrieb der Energieblase zur Verfügung. Man reitet förmlich auf der Dunklen Materie und erreicht Geschwindigkeiten, die nie zuvor von Menschen erlebt wurden.

Der Start ist für den 6. Mai 2566 festgelegt. Die Anlagen befinden sich in der Nähe von Jersey Mills in den USA.

Jersey Mills, 1. Mai 2566:
Die 8 Teammitglieder finden sich in der Anlage „Space Center Big Bang" ein. Captain Collins ist bereits vor Ort. Er und das technische Team stellen die Energieblase her. Es ist die Größe festzulegen. Die Berechnung eines Startkorridors zwischen Erde und Weltraum wird berechnet und festgelegt. Der Korridor reicht bis zum Saturn. Innerhalb des Korridors erreicht die Energieblase, die man McCormick 1 nennt, eine Geschwindigkeit von ½ Lichtgeschwindigkeit. Verlässt McCormick 1 den Korridor, ist die Übernahme in die Dunkle Materie erfolgt und 57 Jahre, also 57 Erdenjahre, später erreicht McCormick das Ziel, den Anfand allen Seins, den Urknall.

Jersey Mills, 6. Mai 2566:
Es ist 6 Uhr. Die Crew verlässt ihre Körper. Diese werden bis zum Zurückkommen eingefroren. Der Captain ist bereits „on Board", wenn man das so sagen kann. Innerhalb der Energieblase gibt es keine festen Plätzte. Energie vermischt sich, trotzdem bleibt das eigene Bewusstsein.

Jersey Mills, 6. Mai 2566:

Es ist 8 Uhr und 30 Sekunden … 20 Sekunden … 10 Sekunden … 5 … 4 …3 …2 …1 … START!

Noch können die Messinstrumente McCormick 1 durch den Korridor verfolgen. Der Sprachcomputer übersetzt die empfangenen Wellen der Crewmitglieder. Nach 40 Minuten verstummen sie. Nun ist die Crew auf sich allein gestellt … für mindestens 57 Erdenjahre.

„Hier Captain Jeff Collins. Innerhalb der Energieblase McCormick 1 ist ein Speicher für ein Logbuch eingerichtet. Um uns herum ist der Weltraum hell erleuchtet. Es ist fast grell. Menschliche Augen können dieses hell grelle Licht nicht aushalten. Von der Geschwindigkeit nicht zu sprechen. Es ist erstaunlich, dass wir dieser hohen Geschwindigkeit ausgesetzt sind und doch nichts davon bemerken. Zeit ist irrelevant. Raum ist irrelevant. Wir wissen, dass wir existieren, aber es ist so unwirklich.“

Ein weiterer Eintrag: „Das Weltall wird dunkler. Wir verringern die Reisegeschwindigkeit. Wir können nun Galaxien und Sternenhaufen sehen. Es wird immer dunkler. Damit ist gemeint, so als wenn wir Augen hätten, sehen wir das Licht. Schwingungsmäßig ist der Raum gut gefüllt. Aber die Materie wird weniger.“

Der vorletzte Eintrag: „Der Raum ist schwarz. Es gibt keine Materie hier in der Nähe des Urknalls. Wenige Schwingungen verirren sich hier her. In Richtung der Position des Urknalls ist es leer und schwarz. In der anderen Richtung erkennt man schwache Leuchtpunkte, also Galaxien. Wir haben den Startpunkt, bzw. den Endpunkt aus unserer Sicht, Urknall erreicht. Es ist ein trostloser Ort im gesamten Universum. Hier ist nichts … hier ist das Nichts … und doch ist das Nichts etwas! Die Crewmitglieder beginnen mit ihren Messungen. Ich darf dabei sein. Wir vernetzen unseren Geist, so, als wenn Wissenschaftler Parabolantennen parallel anschließen, um mehr Signale zu empfangen. Ich erhalte Antworten und denke, dass Professorin Lydia McCormick nun glücklich sein würde. Wir stellen fest, besser gesagt, wir erhalten Antworten, dass die Komprimierung an Energie so hoch war, dass sich nichts bewegte, nichts veränderte, somit gab es keine Zeit.

Trotzdem gab es die Explosion und Raum und Zeit begannen. Das 4D+X Messgerät in uns stellte kurz vor der Explosion eine minimale Veränderung fest, eine minimale Schwingung, ein Wort, egal in welcher Sprache oder ob überhaupt eine Sprache, eine Idee, ein Wunsch oder was auch immer … übersetzt etwa „START, LASST ES UNS TUN". Es gab also vor dem Big Bang Intelligenz in dem Ding. Es ist auch bewiesen, dass es sich beim Urknall um eine Nackte Singularität handelte. Um den Urknall herum gab es keinen Ereignishorizont, es gab keinen Raum und keine Zeit. Innerhalb des Urknalls aber gab es Intelligenz und Denken. Vielleicht war es ein bewegungsloser Austausch vieler Geister oder aller Geister. Vielleicht war es ein großer Geist, vielleicht der Schöpfer von allen zukünftigen Dingen und Ereignissen. Und eine winzige Bewegung, eine winzige Schwingung brachte den Urknall hervor und Raum, Zeit und Materie entstanden. Ist das vielleicht mit „Gottes Reich" gemeint?"

Der letzte Eintrag: „Wir wollen nun zurück auf die Erde. Wir wissen nicht, wer lebt noch? Wie werden wir empfangen? Waren die Reiseberechnungen korrekt? Wir lassen uns überraschen.

Als es plötzlich ein Ereignis gab, es klopfte sozusagen an unserer Energieblase. Ein heller Leuchtpunkt, eine Energie kam zu uns und ließ uns gedanklich wissen: „Ich freue mich, dass Ihr den Weg hierher gefunden habt. Ich bin nach meinem irdischen Ableben sofort hierhergekommen. Ihr habt alles richtig verstanden. Ich liebe

Euch, Eure Lydia" Es war der Kontakt zu Professorin Lydia McCormick, zumindest war das zu Lebzeiten ihr Name. Und somit kommen wir mit mehr zurück auf die Erde, als erwartet. Die Erde wird sich nochmals verändern."

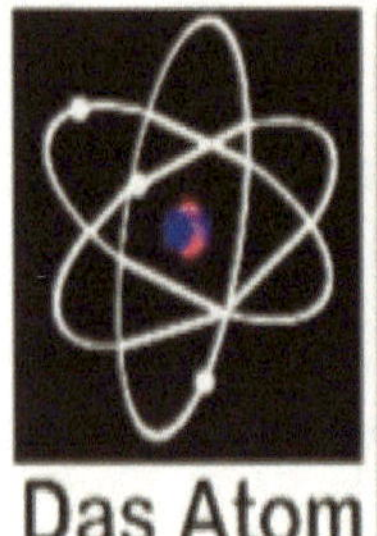

Das Atom

Das Sonnensystem

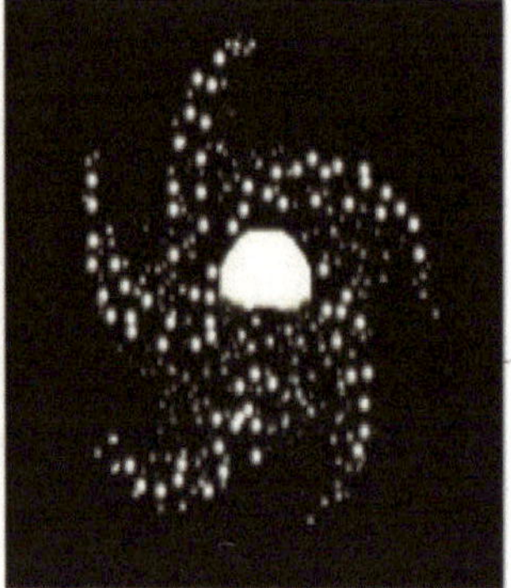

Die Galaxien

Physikalische Systeme

Objekte, die ein Ganzes sind und sich in der Raumzeit in einer Umgebung abgrenzen, sind Physikalische Systeme. Bislang fehlt der Beweis beim Universum. Überlegung: Viele Universen könnten in einem Raum sein, den man Omnium (das Ganze) nennen könnte. Dann hat unser Universum eine Umgebung. Autorenteam Sültz auf Sylt

Vom Atom bis zum Omnium
Eine Überlegung vom Autorenteam Sültz auf Sylt

Das Omnium

Das Universum

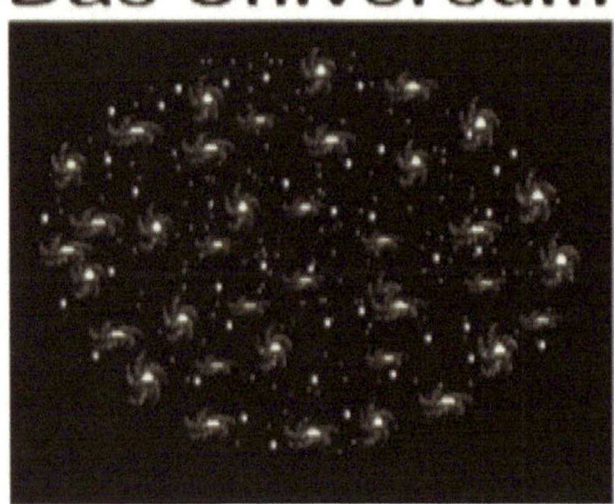

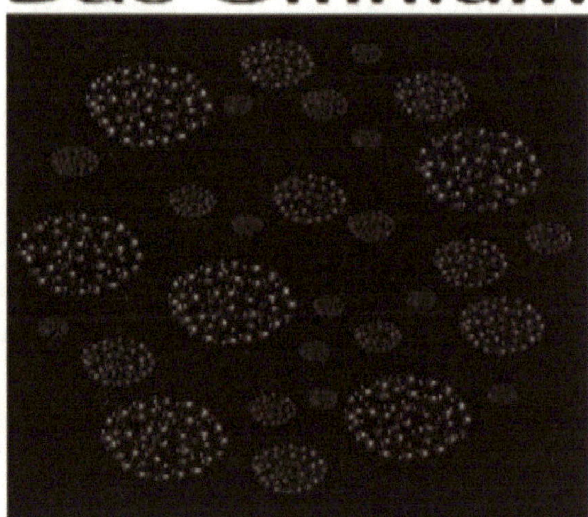

Das Weiße im Schwarzen Loch

„Captain Cliff Danzer an Basis-Kontrolle! Wir senden erste Aufzeichnungen und Analysen der Sonden aus dem Schwarzen Loch zu. In der äußeren Umlaufbahn können wir noch etwa vier Stunden verbleiben, dann folgt der Rücksturz in den freien Raum." Cliff Danzer ist Raumschiffkommandant der GLOBAL PEACE TWO. Das Raumschiff ist mit modernster Technik des 26. Jahrhundert ausgerüstet, um Schwarze Löcher im Universum zu untersuchen. Die 126 Crewmitglieder sind meist Wissenschaftler, da das Raumschiff vollautomatisch von einem Supercomputer der Helos-8000-Serie gesteuert wird. Hauptbestandteil des Bionetic-Computers ist das verstorbene Gehirn von Professor Dan Laurenson, der die Helos-Serie entwickelt hatte. Die Helos-6000-Serie hatte bereits das Universum erklärbar gemacht. Die 7000-Serie entwickelte dann die STIT-Weltraumreisen, „Space Travel Immediately There". Dabei bedient man sich der Dunklen Materie, die überall im Universum vorhanden ist. Wie Professor Dan Laurenson es erkannte: „Das HIER ist auch sofort das DORT im Universum, man muss nur die Dunkle Materie und die Dunkle Energie verstehen!"

Mit dem Raumschiff GLOBAL PEACE TWO war man nun in der Lage, sofort hier und überall dort zu sein. Man nutzte zwar die Dunkle Materie, aber es standen immer noch Fragen an, genauso wie bei den Schwarzen Löchern. Nun aber sollten die letzten Geheimnisse gelüftet werden. „Die Sonden sind zum Start bereit", verkündete Ingenieur Robert Woggon. „Captain an Helos, Start durchführen, Aufnahme und Analyse starten. Captain Status Delta 58", sagte Danzer auf der Brücke. Die Sonden starteten und wurden sogleich vom Schwarzen Loch angezogen. Gespannt sahen alle Crew-Mitglieder auf ihre Monitore. Sie sahen, wie die Sonden wie Spagetti gedehnt wurden. Aber sie übertrugen weiterhin Daten und Bilder. Es war unwahrscheinlich grell im Schwarzen Loch. Immer schneller wurden die Sonden angezogen. Immer höher wurde die Rechenleistung des Computers Helos. Gleichzeitig wurden alle Daten in Richtung Erde gesendet. 30.000 Lichtjahre waren zu überbrücken. Wie gesagt, das funktionierte nur mit STIT. Auf der Erde sah man gespannt zu. „Basis-Kontrolle an GLOBAL PEACE TWO. Täuscht es oder steht ihr alle wirklich bewegungslos vor den Monitoren?", so ertönte es aus der Kommunikation.

Und in der Tat, die Crew bemerkte nicht, dass durch die gewaltige Rechenleistung Helos am Leistungsende war. Langsam driftete das Raumschiff zum Kern des Schwarzen Lochs. Jeder Meter pro Sekunde kam es der Crew wie Stunden vor. Die Informationen, die Bilder und die Eindrücke, waren an den Bildschirmen atemberaubend. Noch nie sah man Atome, Protonen, Neutronen und Elektronen langgezogen wie Regenwürmer. Noch nie sah man gedehnte Lichtpartikel eines Lichtstrahls.

„Basis-Kontrolle an BLOBAL PEACE TWO! Ihr müsst den Rückschub starten! Sofort! Ihr werdet zu stark in das Loch gezogen!" Keine Reaktion auf dem Raumschiff. Niemand rührte sich. Die Kontrollen der Herzfunktion zeigten einen Schlag pro Stunde an. Aber alle Informationen wurden weiterhin zur Basis-Kontrolle gesendet. Ob, wie und was die Crew nun alles sah, auf der Erde konnte man es nur ahnen, denn die Bilder sendeten ununterbrochen weiter. Es wurde heller und heller. Die Kameras der Raumschiffbrücke sendeten nun nicht mehr, die Außenkameras funktionierten noch einwandfrei, wahrscheinlich brach das Raumschiff bereits auseinander.

Auf den Bildschirmen waren nun grelle Strudel zu sehen. Waren Kameras tatsächlich durch das Schwarze Loch gezogen worden?

Dann vermutete man am Ende des Schwarzen Lochs wieder den dunklen Weltraum. Die Bildschirme blieben aber hell. Hin und wieder dachten einige Wissenschaftler in der Basis-Kontrolle, dass sie Gesichter gesehen haben wollten oder Schleier. Nichts Genaues wusste man. Die Kameras blieben über Jahrzehnte eingeschaltet. Vielleicht zeigen sie auch heute noch etwas an. Nur erlebte dies der Leiter der Basis-Kontrolle und Freund von Cliff Danzer, Jack Townsend, nicht mehr. Seine letzten Stunden verbrachte er in den Armen seiner Frau. „Gehe zum Licht", flüsterte Amy ihrem Mann zu. „Ich sehe Hände, Hände die mich tragen wollen, Hände, die mich nach oben ziehen wollen. Ich sehe in der Ferne ein Licht. Es kommt näher und näher", sprach Jack. „Gehe darauf zu, bitte", flüsterte Amy weiter. „Ich sehe ein Gesicht. Die Hände tragen mich weiter zum Licht. Es… es ist… nein… ich kann es kaum glauben… es ist mein Freund Cliff. Ich liebe dich, Amy. Ich weiß nun, wir sehen uns wieder." Jacks Seele löste sich vom Körper und stieg zum Licht auf. „Hallo mein lieber Freund", so wurde Jack von seinem Freund Cliff empfangen. „Ich habe diese Gestalt kurz angenommen, damit du mich erkennst.

Ansonsten sind wir formlose Energiewolken in dieser Dimension. Es ist die Dimension aller guten Seelen, aller Universen, in einem unendlich großen Raum, dem Omnium. Als wir mit dem Raumschiff vom Schwarzen Loch angezogen wurden, trennte sich der Geist vom Körper. Der Körper wurde in alle Einzelteile zerlegt und komprimiert. Der Geist dagegen erhielt freien Durchgang direkt ins Licht, direkt in die nächste Dimension. Nun komm mit mir, mein Freund, deine Familie und Freunde erwarten dich bereits."

Es ist also alles ein großer Kreislauf auf der Erde, im Universum, im Leben, in der Liebe, im Nichts, denn das Nichts ist eben ein Etwas!

<u>**Die Erfindung des Körper-Transporters**</u>

Mittlerweile sind sie in jedem Haushalt, in jeder Arztpraxis, ach, einfach überall eingebaut … die Warm-Körper-Transporter-Module, WKTM 100! Heute ist es kein Problem, in Sekunden über 10, 100 oder sogar 40.000 Kilometer zu einem Freund zu gelangen. Technisch sind wir heute auf dem Höchststand, der Krebs ist zwar besiegt, aber ein Spenderherz wird immer noch benötigt. Nur, es geht heute alles viel schneller. In Berlin benötigt ein Mensch ein Herz, in New York steht das gesuchte zu Verfügung. Mit Hilfe des WKTM 100 ist der Patient in Sekunden vor Ort. Ja, man muss sagen, vor vielen Hundert Jahren wurde das Telefon entwickelt. Das waren zwei Apparate, mit denen man sprechen und hören konnte, auch dies funktionierte einmal um die Erde, also 40.000 Kilometer. Dann ging es weiter mit dem sogenannten Internet bis zum heutigen Körper-Transporter. WKTM 100 ist die letzte Entwicklungsstufe, die 100 soll auf die 100 Jährige Entwicklung hindeuten.

Wie alles begann: Ich bin Journalist, mein Name ist Ben Carter. Auch wenn wir uns alle gern mit dem WKTM 100 überall und sofort hin transportieren können, eine Zeitschrift gibt es immer noch. Und hin und wieder braucht jeder seine Ruhe. Heute besuche ich Lou Eisenberger, er war Entwicklungsingenieur bei GP BODY SPEED MAX. Sein Vater war der Entwickler des weltersten Kalt-Körper-Transport-Kondensators KKTK 01 A. So viel wie möglich möchte ich darüber erfahren, denn nach dem letzten Totalausfall des Internets, durch den Asteroid Protonom 26 A, sind viele Speicher völlig leer. Heute hat man daraus gelernt, auf dem Mars und auf dem Mond sind Speicher, auf die jederzeit zugegriffen werden kann. Natürlich befinden sich dort auch Abwehrsysteme gegen Asteroiden. „Dr. Clint Eisenberger, mein Vater, hatte die Idee, Dinge innerhalb der Firma blitzschnell von Ort A nach Ort B zu bringen. Seine

Laborassistentin Ruth war einfach nicht schnell genug", so begann Ben Carter seine Erzählung. „Seine Überlegung ging dorthin, dass er sich zwei parallele elektrische Platten vorstellte, zwischen denen, wie bei einem Kondensator, ein elektrisches Feld entsteht. Die gespeicherte oder dorthin gebrachte Energie müsste ausreichen, um einen Gegenstand wieder in die Ausgangsform zu verdichten.

Mit viel Überlegung, sehr viel Geld und noch mehr Zeit entwickelte er mit seinem Team den ersten Kaltkörper-Kondensator. Anfänglich mussten sie mit Problemen rechnen, dass war ihnen bewusst. Der Tag des ersten Experiments vor den Firmen-Bossen stand an. In den Start-Kondensator stellte Carter eine leere Kaffeetasse, diese begleitete ihn seit seiner Studienzeit, ein Zeichen seines Vertrauens zu der Maschine. Nun gingen alle in den Nachbarraum, überzeugten sich, dass zwischen den Kondensatorplatten nichts steht, etwa ein Duplikat der Tasse. Die Maschine wurde eingestellt, die Spannung hochgefahren, ein Kribbeln war bei allen zu spüren, immerhin erreichte die Maschine Gigawatt; oder waren es noch mehr? Nun, ich weiß es nicht mehr!", sagte Lou Eisenberger. „War es ein Erfolg?", fragte ich ungeduldig. Eisenberger fuhr fort: „Ja, in der Tat! Die Kondensatorplatten mit der gewaltigen Energie zerlegte die Tasse! Ein Computer speicherte die Struktur des Objektes, also der Tasse, und leitete die Informationen an den Ziel-Kondensator. Dort baute sich die elektrische Energie auf, die Informationen verdichteten sich dort wieder zu einer Tasse!" „Gut so, Eisenberger! Und nun das Ganze mit einem frischen heißen Kaffee!", sagte der Chef der Firma.

„So weit sind wir noch nicht, wir können nur feste Stoffe transportieren, keine flüssigen und schon gar keine lebenden!", entgegnete Eisenberger. „Die Zeit verging für meinen Vater viel zu schnell. Einen 48-Stunden-Tag hätte er gern. Aber es kam der Tag, da er den Durchbruch schaffte. Er wandelte das Wasser, in diesem Fall den Kaffee, in einen festen Gegenstand um. Die Computer konnten damals nur den augenblicklichen Zustand erfassen, also fror mein Vater den Kaffee ein. Es klappte, alle waren begeistert und erstaunt darüber, dass im Zielkondensator der Kaffee sehr heiß gewesen ist. Das lag natürlich an der hohen Energie. Die Tasse selbst und andere Gegenstände waren ja auch wie aus dem Backofen. Die Angst einen lebenden Körper zu transportieren war natürlich begründet. Die Computerleistung lies ja nur den augenblicklichen Zustand zu, was ist, wenn sich das Tier oder der Mensch bewegt? Dann fehlen nachher Körperteile und Mensch oder Tier sind tot. Lange dauerte es wieder, bis die Computer mehr geleistet haben. Tierversuche waren tabu, der erste freiwillige Proband starb an den Folgen des Einfrierens und des wieder Auftauens. Das Einfrieren war nicht das Problem, das gab es bereits und wurde mit Erfolg praktiziert.

Das Problem war die Hitze der Transport-Energie. Der Körper kam komplett im Ziel-Kondensator an, aber der Kühlanzug half nicht. Nun, ich möchte den Anblick hier nicht weiter ausführen. Mein Vater zerbrach an diesem Anblick. Ja, das waren die Anfänge der Körper-Transporter." „Wie wurde der Durchbruch geschaffen?", fragte ich. „Ich kam nach dem Studium in die Firma, wollte Vaters Traum fortsetzen, er war mittlerweile verstorben. Die Computer waren so leistungsstark, dass alles erdenkliche damit gemacht werden konnte. Auch das Denken, sogar ohne Gehirn, von Verstorbenen wurde erst konserviert, später zum Leben, zumindest zum Denken, gebracht. Meine Idee war es nun, keine zwei Platten, wie ein Kondensator, sondern eine Box zu konstruieren, die dreidimensionale Körper darstellen kann. Diese wird dann mit dem Denken des zu transportierenden Menschen bestückt. Der Mensch wird dann nicht gebacken, sondern seine Körpertemperatur bleibt erhalten. Es handelt sich dabei aber nur um ein Duplikat des Menschen, aber mit seinem Denken. Ich selbst war die erste Testperson. Soweit verlief alles Ordnungsgemäß, lediglich fehlten mir im Ersatzkörper die Gefühle jeglicher Art.

Der nächste Schritt waren Boxen, in denen der augenblickliche Zustand gescannt wurde und die sofortige Übermittelung jedes Atoms in die Zielbox stattfand. Das war der Durchbruch. Mit einem Lähmungsgas fiel man liegend in eine Starre. In die Zielbox wurde sofort ein Aufwachgas gesprüht, das war es. Wieder war ich der erste Kandidat dafür. Und? Was würden Sie sagen, ich bin doch noch ganz fit, oder?", flachste Eisenberger und lachte laut. „Ja, in der Tat! Was sind die nächsten Ziele in dieser Richtung?", fragte ich. „Mein Sohn arbeitet nun an der Transportation ohne Kabel- und Glasfaserleitungen, sondern durch Lichtwellen. So könnten wir jeden Ort im Weltraum erreichen, wo sich künftig ein Ziel-Modul befindet!", sagte Eisenberger zu mir. „Das sind ja herrliche Aussichten für die Menschheit. Und Gelder werden gut angelegt, wozu braucht man auch Panzer und die Rüstung!", mit diesem Satz beendete ich das Interview. Nun geht es in die Redaktion, ich werde wohl das Fahrrad nehmen!

Ein Gruß aus dem Nichts

Hannelores Tagebuch:

„Ach, was soll ich sagen, seit 45 Jahren beobachte ich den Himmel. Jetzt werden langsam meine Augen schwach. Alle in der Familie habe ich mit diesem Virus angesteckt. Ist da etwas? Werden wir beobachtet? Sind wir alleine im Weltall? Jetzt möchte ich langsam meine Station hier in Bayern schließen. Morgen um 5 Uhr in der Frühe, kurz vor Sonnenuntergang, möchte ich noch einer eigenartigen Erscheinung nachgehen. Gute Nacht.“

Um 5 Uhr saß Hannelore wieder vor ihrem Teleskop. Ihr Mann schlief noch und die Kinder waren schon aus dem Haus gezogen. Da war er wieder. Ein kurzer, heller Lichtpunkt. Gut, das Flackern kommt durch die Atmosphäre, aber das Licht war vor einiger Zeit noch nicht zu sehen. Vor 40 Jahren schon gar nicht. Hannelore hatte immer gute Gedanken. Ob das der Schlüssel zu den weiteren Ereignissen war? Sie schaute durch das Fernrohr, das Licht kam dicht auf sie zu. Plötzlich berührte sie jemand an der Schulter. War es ihr Mann? Nein, es war ein Lichtwesen. Eine schwebende, kugelförmige Form in vielen Farben im Inneren.

Hannelore erschrak, nicht unbedingt solch eine Begegnung hatte sie sich gewünscht. Gut, vielleicht in anderer Form, sie hätte dann gerne einen Kaffee angeboten. Gerade wollte Hannelore eine Frage stellen. Soweit kam es einfach nicht. Da war die Antwort schon in ihrem Kopf. Auch weitere Fragen, wurden geklärt.

„Wir kommen vom äußeren Kreis des Universums. Wir existieren am längsten im Universum. Neid, Kriege und Eifersucht, das haben wir alles überwunden. Wir kommen und gehen durch die Schwarzen Löcher. Wir sind eine untrennbare Energie, jeder von uns. Wir kommen aus der anderen, besseren Dimension. Wir benötigen nur wenige Schritte zu euch und anderen Lebewesen. Wir bewegen uns mit Bega. Das ist sozusagen die Hier und Sofort- Geschwindigkeit. Wir sind zu dir gekommen, um dir zu sagen, es gibt Wichtigeres als Geld, Macht, Eifersucht und Kriege. Komm' einmal mit uns, wir zeigen dir den Kosmos. Entstehende Sonnen, riesige Sternhaufen, gewaltige bunte Wolken. Glaub uns, es ist faszinierend. Du bist unter Freunden, alle Fragen werden beantwortet. Du erkennst die wahre Liebe und Wärme."

Hannelore überlegte nicht lange, weckte ihren Mann. Schrieb eine Nachricht und legte den Brief auf den Tisch.

Ihr Lieben, wir sind unterwegs. Wartet nicht mit dem Essen auf uns. Wir melden uns irgendwann und sind immer bei Euch.

In Liebe, Eure Eltern

Mission BIG BANG

Das Raumschiff KOLOSSEUS 5000 ist eines der letzten Raumschiffe der Erde, das mit modernster Technik ausgestattet ist und das Universum erforscht. Erdbewohner gibt es seit mehr als 10.000 Jahren nicht mehr. Der letzte Stand der Technik ist die anderthalbfache Lichtgeschwindigkeit gewesen, sowie ein Lichtstrahl-Abwehrsystem mit 100 Strahlenkanonen rund um das riesige Raumschiff. Dies dient nun wirklich nur der Verteidigung. Das haben zwar die letzten Staaten auch gesagt, bevor es zum finalen Atomkrieg kam, aber die Besatzung der KOLOSSEUS ist sich dessen bewusst. Das Raumschiff soll nur der Wissenschaft und Forschung dienen. Trotz der gewaltigen Ausmaße, mit den fünfzehn Kilometern Länge, erreicht es mittlerweile die 20-fache Lichtgeschwindigkeit. Das Raumschiff ist nach dem superschnellen Computer KOLOSSEUS 01 benannt. Er ermittelt bei dieser hohen Reisegeschwindigkeit die genaue Route, eine Kollision mit Materie im Weltraum ist so unmöglich. Einzelne Atome werden aber eingesammelt und verwertet. Über Generationen hinweg fliegt das Raumschiff nun bereits zum Erkundungsort, dem Beginn allen Seins, aller Materie, allen Lebens: DEM URKNALL.

Die einzelnen Raumschiffe, die damals in den Weltraum gestartet sind, wurden mit unterschiedlichen Aufträgen in eine nicht bekannte Zukunft geschickt. ROMEUS 4 ist auf den Weg zum letzten Stern des gesamten Universums geschickt worden. Kommt außerhalb des Weltalls nichts mehr? Das war die Frage. Andere Raumschiffe sollen Planeten finden, damit die Menschheit überleben kann.

„Kapitän, die Signale des Urknall-Rauschens nehmen zu, wir können nun eindeutig sagen, aus welcher Richtung sie kommen!", sagte der Wissenschaftsingenieur Jack Taylor.

„Kurs setzen, Jack! Dann treffen wir uns zur Lagebesprechung im Freizeitraum", so Kapitän Brümmer. Die verantwortlichen Besatzungsmitglieder jeder Gruppe trafen sich im Freizeitraum, alle anderen hörten über Bordfunk die neusten Erkenntnisse mit. Jeder im Raumschiff hatte das gleiche Mitspracherecht, ob die Küchenmannschaft, das Reinigungspersonal oder die Wissenschaftsingenieure – jede Gruppe entsandte einen Vertreter zur Lagebesprechung. „Kapitän an Besatzung!", ertönte es aus den Lautsprechern. „Wir sind nun in der fünften Generation auf dem Raumschiff KOLOSSEUS 5000.

Eine große Familie sind wir geworden. Unsere Vorfahren auf diesem Schiff erhielten die Aufgabe, nach dem Urknall zu suchen. Viele Theorien sind entwickelt worden. Wir sind nun die Generation, die das große Rätsel lösen könnte. Was wird uns erwarten? Ingenieur Peter Müller vertritt die Meinung, dass der Urknall eine Überhitzung in einem anderen Parallel-Universum sei. Sozusagen, ein Loch im Raum, welches immer noch aktiv ist. Das würde bedeuten, dass uns eine gewaltige Strahlung entgegen kommt, zwar abgeschwächt, aber noch aktiv. Die Wissenschaftler Cliff Owens und Claudia Steiner sind dagegen der Meinung, dass der Urknall eine einmalige Sache war und längst zum Abschluss kam. Und das Millisekunden nach dem Knall. Das würde bedeuten, dass wir in einen leeren Raum bis zum Anfangspunkt hinein fliegen. Wir wissen nicht was uns erwartet, aber wir werden nun auf Höchstgeschwindigkeit gehen und in Richtung des Anfangspunktes des Universum Kurs halten!" Die gesamte Mannschaft versetzte sich in Kälteschlaf und raste mit Höchstgeschwindigkeit auf den Mittelpunkt des Universums zu. Je näher sie zum Anfangspunkt kamen, umso vielfarbiger wurde der Weltraum. Sterne und Planeten gab es immer weniger, stattdessen farbige Wolken und Schleier.

Immer tiefer stieß die KOLOSSEUS vor, immer näher und näher zum Mittelpunkt.

Auf der anderen Seite des Universums flog die ROMEUS 4 ebenfalls in eine ungewisse Zukunft. Hier verkündete Kapitän Steve Wagener: „Hier spricht Ihr Kapitän. Wir sind nun lange unterwegs. Unsere Vorfahren haben uns den Weg geebnet um zum äußersten Stern des gesamten Universums zu gelangen. Was wird uns erwarten? Gibt es nach dem äußersten Stern überhaupt Raum? Wird der Raum durch die Ausdehnung erst geboren? Oder knallen wir gegen eine Hülle, als seien wir in einem riesigen Luftballon? Wir werden es erfahren, demnächst haben wir den letzten Stern erreicht.“

Auch die Mannschaft der ROMEUS 4 versetzte sich in Tiefschlaf und flog mit Höchstgeschwindigkeit auf den äußersten Stern des Universums zu. Je näher sie zum Endpunkt kamen, umso dunkler wurde der Weltraum. Sterne und Planeten gab es immer weniger, stattdessen dunkle Wolken und Schleier. Immer tiefer stieß die ROMEUS vor, immer näher zum Endpunkt.

Die Mannschaften erwachten. Die Wolken und Schleier, in die die KOLOSSEUS flog, wurden weniger, ebenso wie bei der ROMEUS. „Kapitän!“, schrie Steuermann Wilsen vom Raumschiff KOLOSSEUS. „Schiff voraus!“ Die KOLOSSEUS 5000 flog direkt auf die ROMEUS 4 zu.

Die Unendlichkeit des Weltalls ist nun wirklich unendlich!

Nano-Lebewesen aus dem All

Es war ein verregneter Tag in Schottland. Für die Dorfbewohner wieder typisch. Ausgerechnet heute würde die Trauung von Cindy und Jack vollzogen, und nun dieser Regen, einfach typisch! Das ganze Dorf feierte mit, die Vorbereitungen liefen auf Hochtouren, alles fand im Freien statt. Der erste Regen war vorbei, die Wolke kreiste um das Dorf herum. „Erste Gratulanten aus dem Himmel!", flachste der Vater der Braut. Die Arbeiten gingen weiter. „Hauptsache keinen Regen mehr, sonst hätten wir auch ins Schwimmbad gehen können!" „Der Pfarrer ist Nichtschwimmer!" Die Bewohner lachten lauthals. „Klar, unter der Kutte trägt er einen Taucheranzug!"

18 Uhr: „Ja, ich will!", sagte die Braut. Die Wolke wurde wieder dunkler, aber kein Wind kam auf. 20 Uhr: Die Party war in vollem Gange. Auf dem Hof der McDans wurde gefeiert. Es wurde getanzt, sogar Dudelsack-Jimmy gab sein Bestes. 22 Uhr 10: Es tröpfelt. „Eigenartig, bei so einer Wolke müsste es gießen!", sagte ein Musiker. „Tröpfeln geht, nur nicht mehr, sonst müssen die Musikinstrumente ins Haus gebracht werden!" Bis in den frühen Morgen wurde gefeiert, das Tröpfeln fiel gar nicht so ins Gewicht. Die Dorfbewohner schliefen am Sonntag den Rausch aus.

Keine Menschenseele war weit und breit zu sehen. Aber am Montag war die Hölle los, zumindest beim Dorfarzt. Alle klagten über rote Kopfhaut, über Ausschlag auf dem Kopf, über Haarausfall. Auch die Apotheke war gut besucht. Es juckte und brannte. Einige Männer ertranken ihren Kummer im Whiskey. Andere Dorfbewohner legten sich früh schlafen. Am nächsten Morgen war der Spuk vorbei, alles war wieder völlig normal. Die Dorfbewohner gingen wieder ihrer täglichen Arbeit nach. Und trotzdem war etwas verändert. Sie trugen Hacken, Schippen und Spaten zusammen. Alles legten sie auf das

Feld der Mc Dans. Andere brachten Schubkarren, die Dorfpolizei sperrte die Durchfahrt für den Verkehr. Obwohl hier nur alle drei Tage jemand durchkam.

Unweit des Anwesens gab es eines der Löcher, einen sehr tiefen Meeresarm zum Ozean. Hier begannen Dorfbewohner einen Graben zu schaufeln. Immer mehr Dorfbewohner arbeiteten auf dem Anwesen. Boden wurde abtransportiert, Steine weggetragen. Die Tage vergingen und es entstand langsam ein kreisrundes Loch mit etwa sechzig Meter Durchmesser. Immer tiefer gruben sie. Nun arbeiteten sie Tag und Nacht. Dorfbewohner, die nicht auf der Feier waren, wurden mit einem Wassersprüher besprüht. Dies taten die Kinder.

„Warte Bürschchen, wenn ich dich zu fassen bekomme!", sagte ein Großvater. Auch er grub am nächsten Morgen mit den anderen. In etwa vier Metern Tiefe stießen die Dorfbewohner auf einen metallischen Gegenstand, der wie ein riesiges Dach aussah. Der Bräutigam trat aus der Masse hervor und rief: „Normenko Negock Tutschok!" Die Dorfbewohner stießen einen lauten hellen Schrei aus und wiederholten: „Normenko Negock Tutschok!" Strahlen kamen aus dem Loch. Ein Brummen begann. Langsam öffnete sich das unter der Erde liegende Dach. Wie ein riesiges Schwimmbecken hob sich alles in die Höhe. Drei Meter über dem Erdboden stoppte die Aktion. Es begann zu regnen, die große schwarze Wolke stand wieder über dem Feld. Eine Luke öffnete sich am Becken, Wasser, nichts als Wasser, floss in den Graben über den Meeresarm in den Ozean. Die Dorfbewohner standen zwölf Stunden ganz still und murmelten weiter: „Normeko Negock Tutschok!" Das Wasser war aus dem Becken gelaufen, das Dach verschloss sich wieder. Weiterer Boden brach um das Becken ein, es kam ein Raumschiff hervor. Das hob langsam ab und bewegte sich in die Regenwolke hinein. Wer ganz genau schaute, sah in der Regenwolke ein größeres Raumschiff – das Mutterschiff.

Die Braut versammelte alle Dorfbewohner um sich herum, ihr Brautkleid trug sie noch, es war voller Lehm und Schmutz, es war völlig eingerissen. Nun sprach sie: „Normenko Negock Tutschwir … wir … wir … wir müssen die Sprache annehmen, damit wir nicht erkannt werden. Vor 500.000 Jahren landeten unsere Vorfahren an dieser Stelle. Ihr wisst, dass unser Planet von uns selbst verseucht wurde. Das letzte Wasser konservierte unsere Brüder und Schwestern, die nun in den Meeren dieses Planeten wieder zu leben beginnen. Bei jedem Kontakt mit den Menschen übernehmen wir sie. Über die Trinkwasserversorgung oder aber auch über die Regenwolken. Mit unserer kleinen Nano-Größe dringen wir über die Haut oder Blutbahnen ein. Nun geht eure Wege weiter. In etwa zwei Jahren ist die Aktion abgeschlossen!“
Und für die Menschen begann das Unheil!

Der Countdown läuft, die Triebwerke sind gezündet, die Besatzung des Raumschiffs DARK 5000 ist zuversichtlich, den erteilten Auftrag durchzuführen. Drei! … Zwei! … Eins! … Power!
Das Raumschiff hebt planmäßig ab. Von nun an wird einige Zeit vergehen, sodass geklärt werden kann, um welchen Auftrag es sich handelt.

Das Raumschiff DARK 5000 startet von einem der allerletzten Planeten des gesamten Universums. Es befindet sich sozusagen am äußersten Rand des Universums. Nur ein Stern und wenige unbelebte Planeten sind zu überwinden und das Raumschiff ist im Nichts, also außerhalb des Universums. Die Lebewesen auf diesem Planeten beobachten natürlich von Anfang an die Eigenarten der verschieden Nächte. Es gibt Nächte, da schauen sie auf unendlich viele Sonnen, sie schauen in das Universum, es ist dann fast taghell. In anderen Nächten sehen sie nur den eben erwähnten einzelnen Stern, ganz weit entfernt, einsam, alles andere ist absolute Dunkelheit. Die Lebewesen auf diesem Planeten nennen sich THORN, sie sind wissenschaftlich veranlagt, es gibt keine Länder, keine Kriege, keine Armut, keinen Hunger, nur Fragen, Fragen über Fragen.

Es ist eine alte Kultur, 90 Prozent der Kulturstätte sind erhalten, man entwickelte sie einfach mit den neuesten Technologien weiter. So hängen überall die Bilder der bekanntesten Wissenschaftler, ob sie nun vor 12000 Jahren gelebt haben oder vor 10 Jahren. Der Planet ist etwa vier Mal so groß wie die Erde, die THORN bewegen sich langsamer, haben einen nach unten korpulenteren Körper als Menschen der Erde. Ihr Kopf ist länglich mit einem Dorn, ringsherum Haare. Die Ohren haben keine Hörmuscheln, da die THORN alles wahrnehmen. Die Zähne sind klein, es sind eher

kleine Backenzähne, da sich die THORN nur von Gemüse ernähren.
Alle anderen Lebewesen haben eine Daseinsberechtigung auf dem
Planet, da sie bei den THORN als Vorfahren angesehen werden.
„LOCK, was wächst mir da?", fragt der kleine Ridock seinen Vater,
LOCK bedeutet auf dem Planeten „Vater", LOCKUM bedeutet
„Mutter".

„Ridock, je älter du wirst, umso größer wird dieser Dorn. In ihm
wachsen hoch sensible Hirnwindungen, mit denen wir THORN ohne
Worte kommunizieren können, aber auch Naturereignisse
wahrnehmen!", antwortet der Vater. Ridocks Vater gehört zu den
Wissenschaftlern, die das Projekt DARK 5000 entwickelt haben.

Die ursprüngliche Frage der THORN war immer schon, wenn sich
das Universum ausdehnt, Zeit und Raum also entstehen, was
erwartet uns hinter dem letzten sichtbaren Stern, den die THORN
nun seit ihrer Existenz vor 12000 Jahren sehen? Erwartet sie das
Nichts? Lösen sie sich in der Dunkelheit auf? Entsteht mit ihrem
Hineinfliegen mit einem Raumschiff Zeit und Raum? Die ersten
Raumschiffe schafften keine hohen Geschwindigkeiten, DARK
4000 erreicht fast den letzten Stern, der zu überwinden war, um in
die Dunkelheit zu fliegen. Den Stern nennen die THORN HOPE
RIMOCK 7706, Hope bedeutet dabei, wie auf der Erde Hoffnung,
RIMOCK ist der Vorfahre von Ridock, die Zahl ist das
Entdeckungsjahr. Erst mit der Versuchsreihe DARK 5000 wird der
Antrieb so verändert, dass ein Lichtsprung erreicht wird. Entwickelt
und erforscht werden Lichtsprünge vom Team um Ridocks
Großmutter. Immer schon sah man, dass Licht sofort nach dem
Einschalten einer Lichtquelle zu sehen war. Früh wurde die Formel
für Lichtgeschwindigkeit entwickelt, die im Weltall universal ist.
Dennoch war es den THORN zu langsam, sie entwickelten die
Lichtsprünge. Dabei wird ein Objekt anvisiert, welches man

erreichen möchte und man benutzt die aussendenden Lichtstrahlen, um eine Verdoppelung der Geschwindigkeit zu erreichen.

Die DARK 5000 hat die maximale Geschwindigkeit erreicht. Die anvisierte Quelle ist der Stern HOPE RIMOCK 7706. Größte Aufmerksamkeit muss es kurz vor Erreichen des Sterns geben, da das Raumschiff sonst in den Stern fliegt und explodiert. „In 50 Senkuren sind die Triebwerke umzuschalten, danach ist der neue Kurs auf Umfliegen des Sterns von Hand zu setzen!", sagt der Kommandant der DARK 5000 zum Steuermann. „Wie lege ich den neuen Kurs fest, Kommandant?", fragt Steuermann Drehms. „Wenn ich das nur wüsste! Wie legt man das Nichts fest?", antwortet Kommandant Renkin. Höchste Aufmerksamkeit ist angesagt, Nervosität, noch 10 Senkuren … drei … zwei … eins … Umschaltung auf Handbetrieb. Mit einem Abstand von nur 10.000 Klionen, das sind etwa 150.000 Kilometer, schießt das Raumschiff an dem Stern vorbei. Der Monitor auf das Zurückliegende zeigt den immer kleiner werdenden Stern HOPE RIMOCK 7706 und das schwindende Weltall. Auf dem vorausschauenden Bildschirm ist die Dunkelheit, das Leere, das Nichts zu sehen. Wie viele Theorien gibt es, wenn dieser Schritt überwunden wird. Gibt es eine Grenze des Raums? Fliegt man vor eine Wand? Ist das Universum endlich oder unendlich?

Wie auch immer, das Raumschiff DARK 5000 fliegt immer tiefer ins Nichts. Da es kein Ziel gibt, fliegt das Raumschiff nur noch mit Lichtgeschwindigkeit, das Universum wird immer kleiner, wenn die Besatzung auf den Rückmonitor schaut. Noch hat die Besatzung Funkkontakt mit der Heimatwelt. Das ist für alle Beteiligten logisch, solange man das Licht des Universums sieht, lassen sich auch Lichtsignale zurückschicken. Wie lange noch? Die Bordinstrumente zeigen nur noch wenig an. Die Zeit vergeht, das Universum ist nur noch als ein winziger Punkt zu sehen. Solange weiß die Besatzung, dass sie tiefer ins Nichts fliegt. „Kommandant, mir wird mulmig. Wir haben doch bewiesen, dass es Raum gibt, in das sich das Universum ausdehnen kann, sollten wir nicht lieber umkehren?“, fragt ängstlich der Steuermann. „Zeigen die Instrumente noch die Richtung der Heimat an?“, fragt Kommandant Renkin. „Ja, aber alle anderen Instrumente stehen auf null!“, antwortet Drehms. Die Besatzung wertet gerade alle Ergebnisse aus, als Steuermann Drehms schreit: „Alles auf null!“ „Das Raumschiff sofort stoppen und wenden!“, ruft der Kommandant. Zu spät, es gab keine Orientierung mehr, das Raumschiff DARK 5000 verschwindet in der Dunkelheit, es befindet sich nun im Nichts.

<u>**Schattenwesen**</u>

„NEGUA 7 an Basis! In vierzehn Stunden erreichen wir den Außenposten LOPA 6B auf dem Mars. Wir kontrollieren noch den Planet L77KL9. Seltene Erden wurden vom Computer angezeigt. Das Außenteam wird von Chefingenieur Dresen geleitet. Nach der Rückkehr der Mannschaft schalten wir auf Lichtgeschwindigkeit. Wir können dann nicht kommunizieren. Okay?", mit diesem Satz beendete Raumschiffkapitän Logan vom internationalen Erkundungsraumschiff EAGLE 2000 die Kommunikation mit Mars und Erde. Die Weltbevölkerung war explodiert, Nahrungsmittel und Materialien gingen langsam zu Ende. Die Staaten investierten viel zu viel in Kriege. Ein Miteinander hätte allen geholfen. Nur gut, dass die Raumfahrt noch gefördert wurde. So war der Außenposten auf dem Mars mit 4500 Menschen im Aufbau eines neuen Lebensraums. Nahrungsmittel wurden angebaut, Raumschiffhäfen gebaut, vielleicht für eine neue Zukunft der Menschheit, vielleicht, denn auf der Erde warten Milliarden auf eine Zukunft. Aber es gibt auch positive Botschaften, so hat EAGLE ONE Gold Erze von weit entlegenen Planeten abbauen und transportieren können. Selbstverständlich wird dieses Gold nicht für Schmuck verwendet, es fließt in die Elektronik. In den Umlaufbahnen von Erde, Mond und Mars befinden sich die riesigen Raumstationen STATION 4, DELTA 88 und NOSTROY 1.

Alle Länder der Erde arbeiten nun endlich zusammen um die Lebensräume der Erde zu sichern.

NEGUA 7 hat nun eine weite Reise hinter sich. Das einzige Raumschiff das Lichtgeschwindigkeit erreicht hat 3 Jahre andere Planeten besucht und viel Material eingesammelt. In den Frachträumen hatte es riesige Container geladen und ineinander gestülpt. Diese wurden mit vielen Erzen befüllt und auf die Reise in

Richtung Erde geschickt. Es kann Jahre und Jahrzehnte dauern, bis sie mit der Unterlichtgeschwindigkeit in Erdnähe eingesammelt werden. Die Container sind nun aus den Frachträumen des Raumschiffs. Mit seltenen Gewächsen, die auch in Lebensfeindlichen Gegenden wachsen können und für Nahrung sorgen, kehrt NEGUA 7 nun zurück. Der Bordcomputer entdeckte vorher aber noch einen Planeten mit seltenen Erden, diese werden immer noch dringend in der Elektronik verarbeitet und gebraucht. Inzwischen landete Chefingenieur Dresen mit seinem Außenteam auf dem Planet L77KL9. Die Messgeräte zeigten bestes Material an. Dresen funkte zum Raumschiff, dass es sich lohnen würde, eine Abbauanlage zu errichten. Diese Anlage baut die Erze, in einer vorher vorbestimmten Region, automatisch ab und verlädt sie in Containern. Haben diese ihre Füllmenge erreicht, schießt sie ein Roboter automatisch in den Weltraum Richtung Erde.

Eine dieser Anlagen befand sich noch an Bord. Der freigewordene Frachtraum würde natürlich mit Erzen gefüllt werden. Chefingenieur Dresen fragte die Biologin Lydia Georgens nach dem größtmöglichen Abbaugebiet. Über die im Raumanzug eingebaute Kommunikationsanlage antwortete sie: „Rodmenges gedurcht niotrozola." „Verstehe kein Wort!", rief Dresen. Er machte sich auf den Weg zu ihr, gab es Übertragungsprobleme? Er klopfte die Biologin von hinten auf den Raumanzug. „Was sagten sie gerade, ich habe nichts verstanden!" Lydia Georgens drehte sich langsam um und wiederholte: „Rodmenges gedurcht niotrozola." Dresen antwortete ganz ruhig: „Regonowa gedurcht." Inzwischen meldete sich Raumschiffkapitän Logan beim Außentrupp: „Die Berechnungen für die Abbauanlage steht. Warum höre ich von euch nichts mehr? Gibt es einen Defekt in der Kommunikations-Anlage?" Auf dem Monitor sah Logan lediglich das Zeichen „Okay" … wir kommen zurück.

Das Außenteam versammelte sich und flog zum Mutterschiff zurück. Dort angekommen rief Logan dem Team zu: „Ich bin froh, dass ihr wieder hier seid, außer der defekten Kommunikation sah ich schwarze Schatten um euch herum, habt ihr das nicht bemerkt?" Chefingenieur Dresen zog seinen Raumanzug aus und drehte sich zum Kapitän.

Der erschrak und blickte in pechschwarze Augen: „Rodmenges gedurcht!", sagte Dresen. Logan drückte gerade noch irgendeinen Knopf am Schaltpult, bevor er von einem der schwarzen Schatten übernommen wurde. „Loginos gedurcht", sagte der Raumschiffkapitän danach. Weitere fast 80000 Schatten kamen an Bord. Das Raumschiff steuerte in Richtung Mars. „LOPA 6B auf dem Mars ruft das Raumschiff NEGUA 7, hört ihr uns? Die Raumhäfen auf dem Mars sind überlastet. Bitte fliegt zum Außenposten TITAN und geht in Wartestellung." Das Raumschiff NEGUA 7 steuerte den Mond Titan an, das wurde so von der Mars-Crew berechnet und im Automatik-Betrieb eingestellt. „In drei Stunden ist das Raumschiff NEGUA 7 dort angekommen, schnell die Auswertungen bitte!", sagte Sicherheitschef Nels Gordon zur Mannschaft. Noch eine Stunde ... 30 Minuten ... „Hier die Auswertungen, Mr. Gordon, wir haben Sichtkontakt zum Schiff!", rief Lex Andersen aus der Sicherheitsmannschaft. Nels Gordon studierte schnell die Auswertungen. „Eine Leitung zum obersten Präsidenten, schnell!" Am Kommunikator, früher das rote Telefon, waren sofort alle Präsidenten der Länder auf der Erde parallel geschaltet. General Somatin war der Sprecher und gab sofort grünes Licht. In der Zwischenzeit war das Raumschiff NEGUA 7 am Mond Titan angelangt.

Es gab keine Kommunikation, weder vom Schiff und schon gar nicht von der Mars-Station. „Station Kill!", ordnete Sicherheitschef Nels

Gordon an. Zwei Sekunden später explodierte der Mond Titan und vernichtete das Raumschiff NEGUA 7. Was war passiert?

Der Knopf, den Raumschiffkapitän Logan gedrückt hatte, nahm alle Informationen, Stimmen und Bilder auf. Der Bordcomputer analysierte alles. Bei unter Lichtgeschwindigkeit sendete der Bordcomputer alles zur Erde. Die Botschaft lautete: „WARNUNG! Eindringlinge an Bord… alle Crewmitglieder wurden übernommen … 79.877 weitere körperlose Außerirdische an Bord … sie wollen in menschliche Hüllen transformieren … sie wollen die Erde übernehmen … WARNUNG!" In allen Ländern der Erde wurde in den Präsidentengebäuden eine Tafel aufgestellt, mit den Worten: „Wir alle danken Raumschiffkapitän William Logan. Ohne Brot, Wasser und Natur gibt es diese Welt nicht mehr, aber dafür können wir zusammen sorgen. Ohne William Logan allerdings, gäbe es uns alle nicht mehr! Dank William Logan, von den Präsidenten und Menschen dieser Erde!"

Coca Cola
PEPSI
PREMIUM
66

Hoka Hey

Der Truck, vollbeladen mit Benzin, raste direkt auf die Tankstelle zu. Der Highway war abschüssig. Hinter der Tankstelle ging es bergauf. Ob die Bremsen versagten, der Fahrer einen Fehler machte, es ist nicht bekannt. Das über 20 Meter lange Gefährt schleuderte und drehte sich. Der Wüstensand wirbelte auf. Niemand ahnte etwas in der Tankstelle. Jennys sechsten Geburtstag wollte man feiern. Dann krachte es. Der Truck schob die Zapfsäulen wie Spielzeug zur Seite. Benzinfontänen schossen durch die Luft. Zur Seite gekippt lag das Ungetüm vor der kompletten Tankstelle. Die 32 Grad im Schatten, die Benzindämpfe, das auslaufende Benzin, alles das ließ nichts Gutes für die 12 eingeschlossenen Menschen erwarten. Gut, dass ein Kurzschluss in der Außenbeleuchtung, mit der Aufschrift "Hoka Hey Driver", den Strom abgestellt hat. Sonst wäre es schon zur Explosion gekommen. Die Tankstelle ist schon seit Generationen im Besitz der Familie Hatah. Es ist ein indianischer Name. Hoka Hey hieß der Großvater oder der Urgroßvater. Das Aufschreien der Kinder, der Schock der Erwachsenen, legte sich langsam. Leider gab es nur nach vorne Fenster und Türen. Das lag daran, dass zur Rückseite die Sandstürme den Sand immer auftürmten. Nun lag der Truck vor Fenster und Türen.

Die Kinder mussten sich flach auf den Boden legen, um nicht so viel Dämpfe einzuatmen. Alle Erwachsenen gruben ein Loch, um auf die andere Seite fliehen zu können. Fliehen vor einer riesigen und tödlichen Explosion. Es war nur eine Frage der Zeit. Sie gruben unaufhörlich und in der Tankstelle, türmte sich ein Sandberg. Eine feste Platte stoppte ihr Bestreben, in die Freiheit zu gelangen. Sie klopften die Platte ab. Kein Holz, kein Metall, kein Stein. Etwas Leichtes und dumpfes. War es die Rettung oder mussten sie aufgeben? Da war ein eigenartiger Riegel, nicht zum Ziehen, nicht zum Drehen. Er bewegte sich nach innen. Langsam, etwas knirschend vom Sand, öffnete sich die Tür. Es war eine Luke. Frischer Sauerstoff kam ihnen entgegen. Jennys Vater, stieg zuerst ein, dann die Kinder und jetzt alle anderen Erwachsenen. Das Kleid von Jennys Mutter blieb an einem inneren Hebel hängen. Die Luke schloss sich wieder. Es war hell in dem Raum.

Woher kommt das Licht? Weitere Türen öffneten sich. Technische Geräte vermischten sich mit indianischen Werkzeugen. Ein durchsichtiger Sarg war zu sehen. Es lag ein Mensch darin, ein Indianer. Was sollten sie nur tun? Diese Knöpfe, diese Beschriftungen, dieses Licht. Alle haben so etwas noch nie gesehen, wohl aus Science- Fiction-Filmen.

Sollte es etwa ein Ufo sein? In diesem Augenblick gab es eine riesige Explosion. Der Truck explodierte. Selbst wenn sie frei und schnell gewesen wären, wie hätten sie es schaffen können? Nach dem Feuer wachten alle unbeschadet in der Wüste auf. Sie konnten sich an nichts mehr erinnern. Ein weiterer Mann war bei ihnen. War es ein Durchreisender? Oder der Truckfahrer?

Niemand wusste es. Auf seiner Halskette waren in indianischer Schrift die Symbole: „Hoka Hey", übersetzt: „Pass' auf"

Verloren im Universum

Die Menschheit gab es schon lange nicht mehr. 80 Milliarden Jahre nach Erdenzeit ist es im Universum dunkel geworden. Die Schwarzen Löcher innerhalb der Galaxien haben so gut wie alle Sterne und Planeten geschluckt. Vereinzelt sah man noch hier oder dort etwas leuchten. Der Raum zwischen den ehemaligen Galaxien ist unendlich weit und unendlich leer geworden. Bald würden die Schwarzen Löcher keine Nahrung mehr haben. Da sie so weit voneinander entfernt waren, konnten sie sich nicht gegenseitig beeinflussen, sie würden einfach nur verhungern und sich auflösen. Von Beginn des Urknalls an hat sich das Universum um den Faktor eine Quadrillion vergrößert. Um die Menschheit zu retten, baute man ein Raumschiff, noch bevor die große Katastrophe eintrat. Ein Himmelskörper raste auf die Erde zu, er war nur minimal kleiner als der Mond. Alle Weltmächte taten sich zusammen, aber es gab keine erfolgreichen Gegenmaßnahmen. Nun gab es verschiedene Meinungen der Wissenschaftler. Einige glaubten, dass der Geist weiterhin existieren würde, dann ließ man geschehen, was geschah. Andere glaubten an eine Parallelwelt und gingen davon aus, dass es mit ihnen dort sowieso weiterginge.

Wieder andere glaubten an die Einmaligkeit des Menschen und seines Seins, sie wollten im Universum ein neues Zuhause suchen. Die letzten Jahre auf der Erde vergingen also entweder im völligen Chaos oder aber an anderer Stelle, in ruhiger Erwartung.

8 Monate, 7 Tage und 11 Stunden vor dem Einschlag auf die Erde, startete das Raumschiff EARTHLING 2666. Das Raumschiff wurde angetrieben von der Dunklen Energie, die zog das Raumschiff immer schneller an den Rand des Universums. Um die Kältekammern mit Energie zu versorgen, griff man einfach in den Weltraum und sammelte Dunkle Materie ein, davon war ja genug

vorhanden. Während des Kälteschlafs benötigte die Mannschaft keine Nahrung, danach standen Nahrungsersatzstoffe zu Verfügung, nicht schmackhaft, aber man konnte davon leben. Die Mannschaft auf der EARTHLING 2666 beschloss, die Vernichtung der Erde nicht miterleben zu wollen. Bereits kurz nach dem Start gingen alle in den Tiefschlaf. Von der Erde aus wurde die Reise des Raumschiffs die letzten acht Monate überwacht, bevor der Einschlag die Erde völlig zerstörte. Die Reisegeschwindigkeit begann durch die Dunkle Energie langsam und steigerte sich dann auf Lichtgeschwindigkeit.

Die Wissenschaftler berechneten ein Aufwachen aus dem Kälteschlaf nach etwa zwanzig Jahren. Dabei machten sie allerdings den Fehler, dass, wenn das Raumschiff mit Lichtgeschwindigkeit auf einen Himmelskörper zuflog, immer wieder bis auf wenige Stundenkilometer abgebremst wurde und es das Objekt umfliegen musste. Und danach, wenn der Weg frei war, es erst wieder auf Lichtgeschwindigkeit ansteigen konnte.

Das Universum dehnte sich immer schneller aus. Viele Sterne und Galaxien stießen zusammen, aber alles wurde nach außen gezogen. Das im Raumschiff verbaute Antigravitations-Modul arbeitete zwar einwandfrei, doch glaubte man, dass es auch bei Lichtgeschwindigkeit Berechnungen durchführen konnte. Das war ein Irrtum und so bremste das Notlauf-Modul immer die Geschwindigkeit ab. Das alles ist nicht weiter tragisch, aber statt der zwanzig Jahre Kälteschlaf war das Raumschiff nun fast 67 Milliarden Jahre unterwegs. Das Raumschiff schaffte es knapp bis an die Außengrenze des Universums. Es flog auf ein Nichts zu. Zurückgeschaut sah man nur noch wenige leuchtende Objekte. Die Mannschaft wachte irgendwann auf, nach der Berechnung des Computers zur genau eingestellten Zeit nach zwanzig Jahren, von den eigentlichen 67 Milliarden Jahren wussten die

Besatzungsmitglieder nichts. Alle waren wie geschockt. Niemand hatte eine Erklärung.

Und dann ging alles sehr schnell. Die letzte Materie wurde von den Schwarzen Löchern aufgesaugt. Sie selbst lösten sich in Nichts auf. Dann gab es keine Materie mehr im Universum, keine Zeit, nur noch das Nichts, eine Leere. Und wer meint, in diese Leere, ins Schwarze zu schauen, das wäre das Nichts, der irrt. Die Besatzung stand wie versteinert vor dem geöffneten Plasmafenster und sah das absolute Nichts auf sich zu kommen. Das Universum wurde von innen nach außen aufgelöst. Immer näher kam dieses absolute Nichts. Dann traf es auf das Raumschiff und den übriggebliebenen Rest des Universums. Nun gab es nichts mehr, nichts erinnerte noch an Zeit, Materie, Raum, spielende Kinder. „Hallo, wir sind hier! Seid gegrüßt!", sagte eine Stimme. Die Raumschiff-Crew wurde von strahlenden Wesen begrüßt. „Wartet, wir zeigen uns, wie wir waren, wie ihr uns kennt!" Alle existierten, alle Freunde, alle Familienmitglieder, auch die letzten Wissenschaftler bei der Verabschiedung vor dem großen Flug. „Ja, wir überlebten. Der Himmelskörper kam auf uns zugeschossen. Es wurde heiß. Uns wurde schwarz vor Augen und im gleichen Augenblick befanden wir uns in einem Paralleluniversum. Alle Wissenschaftler hatten damals Recht. Der Mensch als Lebewesen war in seiner Form einmalig, natürlich gab es im Universum verschiedenartiges Leben. Auch die hatten Recht, die gesagt haben, dass der Geist immer existiert. Und auch die, die an Parallelwelten geglaubt haben. Und nun warten wir alle auf einen neuen Urknall."

Rettungsmission außerhalb aller Grenzen

Das Raumschiff DARK 5000 trieb nun bereits seit mehr als 200 Molanen, das sind etwa 360 Jahre auf der Erde, in der Dunkelheit, im Nichts. Die Besatzung versuchte damals, den letzten Stern im gesamten Universum zu überwinden und über diese Grenze des sich ausdehnenden Weltalls zu fliegen. Erwartete sie weiterer Raum, in das sich das Universum ausdehnen würde oder eine Wand, wie die Außenhaut eines Luftballons? Mittlerweile sind auf dem letztgelegenen Planeten im Universum der THORN Generationen vergangen. Der kleine Ridock, dessen Vater an der Mission der DARK 5000 beteiligt war, wurde ein erfolgreicher Wissenschaftler. Er entwickelte die Raumschiffgeschwindigkeit Solexus, ein Vielfaches der bis dahin möglichen Lichtgeschwindigkeiten, dem sogenannten Lichtsprung. Um nicht noch ein Raumschiff zu verlieren, blieb alles über zwei weitere Generationen Theorie. Heute ist nun der Tag, an dem Ridocks Enkel, Kommandant Riment, mit dem Raumschiff DARK 5000 B einen weiteren Versuch starten sollte, um die Grenzen des Universums zu überwinden. Für Ridock stand es immer fest, dass das Raumschiff DARK 5000 nur verschollen war, sich nicht in der Dunkelheit, dem Nichts, aufgelöst hat. Seine Theorie war: das Nichts ist Etwas. Der Start glückte perfekt.

Schnell wurde auf die Geschwindigkeit Solexus umgeschaltet. Von allen Radarerfassungsgeräten verschwand das Raumschiff, diese Geschwindigkeit konnte kein Messgerät verfolgen, kein Kontakt war möglich, einfach nichts. Aber genau das berechnete Ridock damals, es war also alles im grünen Bereich. Ridock hatte aber auch die passende Lösung, Bojen wurden aus dem Raumschiff geschossen, die alle bis dahin gesammelten Informationen und Kommunikationen gesammelt hatten. Diese Bojen blieben genau am Aussetzpunkt stehen, konnten also auch als Wegweiser für einen Rückflug dienen. „Das ist ja wunderbar, die erste Boje sendet. Der Mannschaft geht es gut. Ein Hoch auf unseren verstorbenen Wissenschaftler Ridock!" Die Mannschaft in der Zentrale jubelte und staunte, dass der letzte Stern HOPE RIMOCK 7706 nach nur drei Zenturen überwunden wurde, das waren fünf Millisekunden auf der Erde. Weitere Bojen wurden ausgesetzt. Das Raumschiff DARK 5000 B befand sich schon lange in der Dunkelheit, im Nichts. Damals, bei der vorherigen Mission, gab es ein Problem, als das gesamte Universum nicht mehr sichtbar war, als es als kleiner Punkt verschwand, absolut keine Orientierung mehr möglich war, kein Instrument mehr funktionierte. Mit den ausgesetzten Bojen gab es nun diese Signale.

Das Raumschiff DARK 5000 B flog immer weiter ins Nichts, was bedeutete, dass das Nichts etwas war, es gab den Raum, in dem sich unser gesamtes Universum ausdehnen konnte. „Wie weit fliegen wir?", fragte Steuermann Sinks Kommandant Riment. „Der Auftrag lautet, sucht das Raumschiff DARK 5000, falls es einen Raum gibt, in dem sich das Weltall ausdehnen kann!", sagte Riment. Die Zeit verging, das Raumschiff drang immer tiefer ins Nichts ein. „Welch gewaltiger Raum um das Weltall aufgebaut ist, wer hat das wohl erschaffen? Gibt es wirklich kein Ende?", fragte Wissenschaftlerin Blenk an Bord der DARK 5000B. Ihr Kollege Force rief plötzlich: „Ich habe minimale Spuren von einem Lichtsprung-Antrieb gefunden, ansonsten gibt es hier keine Atome, keine Strahlung, einfach nur Nichts!" „Wir folgen der Spur!", befahl der Kommandant. „Alle Informationen sind in der nächsten Boje zu speichern!" „Ein Objekt kommt auf uns zu!", schrie der Steuermann. „Ausweichkurs! Festhalten!", kommandierte Riment. Mit einer Wahnsinnsgeschwindigkeit, das Zigfache der heute bekannten Solexus-Geschwindigkeit, wären sie fast mit dem Objekt kollidiert. Das Objekt stoppte, die DARK 5000 B stoppte ebenfalls. „Hier

Kommandant Renkin vom Raumschiff DARK 5000, ich begrüße Sie Kommandant Riment der DARK 5000 B!", sagte die Stimme aus dem Kommunikationsgerät.

Völlig erstaunt antwortete Kommandant Riment: „Wir können uns doch gar nicht kennen, wie kommt es, dass Sie leben? Woher kommen Sie? Wieso können Sie so schnell fliegen?" Aus dem Lautsprecher kam die Antwort: „Fragen über Fragen, alles wird beantwortet. Alles ist schwer zu verstehen, aber alles wird geklärt. Nur so viel vorab, wir trafen auf ein Paralleluniversum, dort gibt es uns ebenfalls. Ridock lebt hier noch und hat eine noch schnellere Geschwindigkeit entwickelt. Nun kommen wir mit vielen Informationen zurück zu unserem Heimatplaneten. Der Raum für alle Universen scheint grenzenlos zu sein!"

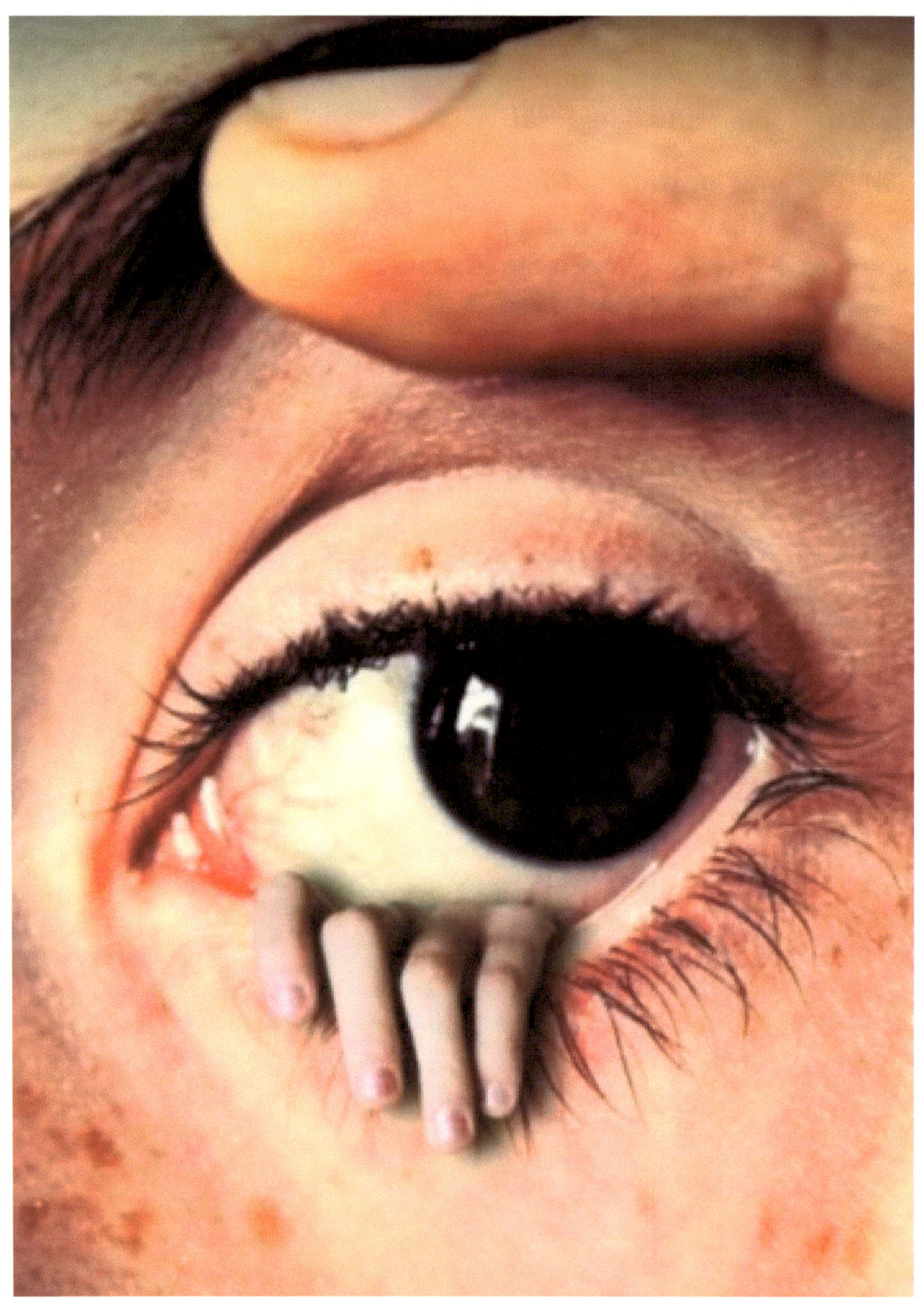

<h1 style="text-align:center"><u>Das Auge</u></h1>

Woran denken Sie, wenn Sie sich im Badezimmer die Hände waschen? Nach der Rasur die Barthaare wegspülen? Den Zahnbecher mit Wasser füllen? Nichts? Oder: Komme ich zu spät zur Arbeit? Auf keinen Fall, dass Sie beobachtet werden, schließlich lässt sich die Badezimmertür absperren! Nun, genau dies dachte sich wohl auch Angela McCorby, oder auch nicht! Was ist geschehen? Durch einen Defekt, keiner weiß, wie es passieren konnte, ist Abwasser in die Frischwasserzufuhr des Hauses an der Lincoln Street 55 eingedrungen. Lediglich stellte man bislang fest, dass Abwasser der naheliegenden Industrie-Unternehmen in den Garten der McCorby's gelang. Wie jeden Morgen war Angela die letzte im Haus. Noch schnell die Küche aufgeräumt, die drei Kids hinterließen wieder eine Großbaustelle, nun noch das Badezimmer gereinigt, danach ging es ab ins Büro. Der Ablauf fand auch wie immer so statt. Nur, was glitzerte dort im Siphon des Waschbeckens im Badezimmer? Hat ihre Tochter Diana etwa einen Ohrring verloren? Angela schaute sich das glitzernde Etwas genauer an. Immer näher und näher schaute sie in das Waschbecken. Plötzlich sprang ihr etwas ins Auge, es war wohl ein Wassertropfen. Alles schien okay… nun ab ins Büro. Tage später bemerkte Angela, dass sich ihr Augenlicht auf dem rechten Auge verschlechterte.

Auch eine Verfärbung und Verdickung stellte sie fest. Zunächst bekämpfte Angela das Übel mit Augentropfen. In der Nacht hatte Angela schlimme Albträume, ihr Ehemann Stan weckte sie oft. Morgens konnte sich Angela an alle Vorkommnisse im Traum erinnern. Eigenartiger Weise sah sie immer Leichen vor ihrem sogenannten dritten Auge. Auch am Tag, und in der Nacht sogar Gesichter.

„Da reicht nun nicht mehr ein Augenarzt!“, flachste Stan. „Da musst du wohl zum ...!“ „Sprich nicht weiter!“, stoppte ihn Angela. Mit den Tagen veränderte sich Angela. Sie trug nun eine dunkle Sonnenbrille, sie verhielt sich auch sehr zurückgezogen. Nun reichte sie auch noch unbezahlten Urlaub ein. Die Hausarbeit erledigte Angela nur noch mit Widerwillen. Als ihr auch noch mehr Haare ausfielen, quartierte sie sich im Gästezimmer ein. Die Tage vergingen. Die Kinder wurden vom Vater versorgt, Angela kam nicht mehr aus dem Zimmer, sie schloss sich ein. Die Familie sorgte sich sehr, auch Dr. Miller, Hausarzt der Familie, wurde nicht von Angela empfangen. Eines Nachts machte sich Stan daran, mit einem Draht den Schlüssel der Tür auf den Fußboden fallen zu lassen.

Vorher schob er ein Blatt der Tageszeitung unter die Tür durch. Es klappte, der Schlüssel fiel auf das Blatt, langsam zog Stan nun das Blatt mit dem Schlüssel zu sich. Vorsichtig und leise öffnete er die Tür. Nun schlich er zum Gästebett, Angela schlief fest, sie stöhnte. Sie trug eine Augenklappe, ihr Gesicht war geschwollen. Vor dem Bett lagen ihre wunderschönen Haare, alle waren ausgefallen. Stan erschrak, er nahm die Augenklappe von Angelas Kopf ab und schaltete die Nachttischlampe ein. Eine Todesangst hatte Stan, als er die verschrumpelte Gesichtshälfte mit den Narben und Pocken sah. Angela schlief weiter, stöhnte dabei, aber ein Auge schaute Stan an, es war ein grauenhafter Anblick, das war kein Auge, es war ein ganzer Organismus mit Augen und Mund. „Bezahlen werdet ihr alle dafür, bezahlen!“, quietschte es aus dem verunstalteten Mund. Stan rannte aus dem Haus und übergab sich. Sofort rief er den Sheriff.

Das FBI schaltete sich ein. Die ganze Familie und das ganze Anwesen wurden unter Quarantäne gestellt.

Ja, nun sind sechs Monate vergangen. Angelas schönes Gesicht konnte nicht gerettet werden, die plastische Chirurgie tat aber ihr bestes. Aber sie lebt und die Familie wohnt nun in Canada.

Sie fragen nach der Ursache des ganzen? Eine der Firmen arbeitete mit hochgradigen Säuren. Sicherheitsvorschriften wurden nicht eingehalten. Arbeiter, die in Säurebecken fielen, wurden im Erdreich entsorgt. Arbeiter, die sich verätzten, wurden umgebracht. Auf dem Betriebsgelände wurden 186 Leichen gefunden, 34 Jahre gab es diesen Betrieb, wer weiß, was noch alles ans Tageslicht kommen würde. Der Besitzer stürzte sich am Tag der Durchsuchung in eines der riesigen Säurebecken.

POLICE IN THE UNIVERSE

Unsere Galaxis ist aufgeräumter geworden, nicht etwa was die Sterne und Planeten angeht, es geht um die Kriminalität. Im 25. Jahrhundert schlossen sich 128 Planeten unserer Galaxis zusammen und gründeten das STAR MARSHAL OFFICE. Diese Polizei im Universum hat ihr Hauptquartier auf dem Mars. Der Mars ist Lebensraum für viele Menschen geworden, aber auch viele Außerirdische leben in Städten wie Lincoln oder Grosnau. Über den Präsidenten Abraham Lincoln wissen wir natürlich vieles, auch Jahrhunderte später. Krock Grosnau ist das Oberhaupt des Planeten Amesis. Gerade er war es, der für Gerechtigkeit und Ordnung in unserer Galaxis, der Milchstraße, plädierte und die restlichen 127 Planeten zusammenbrachte. Auf dem Mars entwickelten sich mittlerweile 80 Städte. Ein Hauptgrund den Mars zum Hauptquartier zu machen, war es, dass seine Anziehungskräfte geringer sind, als auf der Erde. Denn Ursprünglich wurde die Erde als Zentrale der POLICE IN THE UNIVERSE auserwählt. Außerdem kreisen ständig 8 Polizei-Raumschiffe um den Mars.

„Hauptquartier an Marshal Stan Thor. Bitte melden sie sich im Einsatzkommando auf dem Mars im Star Marshal Office Raum 34.", ertönte es aus dem L-Com. Stan Thor arbeitete gerade wieder an einem uralten Colt. Im Entspannungsraum kämpfte er immer gegen virtuelle Gegner. Das waren auch schon einmal Billy the Kid und andere Revolverhelden. Seine Gedanken waren oft bei seinem Großvater. Greg Thor erzählte seinem Enkel oft etwas über die Vergangenheit. Da war eben immer dieser Sheriff aus Omaha in Nebraska am Missouri. Opa nannte ihn immer nach seinem Enkel Stan. So entstand ein Sheriff im Wilden Westen in der Erinnerung von Stan Thor. Der Star Marshal legte den alten, aber frisch geölten Colt beiseite und meldete sich über L-Com. „Thor, Stan Thor hier über L-Com. Was gibt es?" „Hier General Jackson vom Mars Hauptquartier. Stan, komm' in die Klamotten, dein Einsatz wird benötigt. Ich freue mich, dass du diesen Fall übernimmst. Wir haben uns ja lange nicht gesehen. Wir wollen uns nach deinem Einsatz treffen, geht das klar?", fragte der General. Clint Jackson und Stans Vater waren Pioniere des STAR MARSHAL OFFICE. In den Anfangszeiten kämpften sie Rücken an Rücken für Recht und Ordnung. „Geht klar, General. Ich freue mich von dir zu hören.", antwortete Stan. Der General weiter: „Gut, ich übergebe jetzt an Botschafter Kongros vom Planet Mendrok… … … Marshal, wir benötigen ihre Hilfe. Ich habe über geheime Kanäle erfahren, dass eine unbekannte Macht die Führung unseres Heimatplaneten bedroht. Es wird wohl wieder um Erze gehen. Ich gebe den Einsatzbefehl KL-456-UG4." „Ich habe verstanden, Botschafter. Meine Mannschaft stelle ich sofort zusammen. Ich werde über L-Com Kontakt zu ihnen halten.", so der Marshal. L-Com ist die Sprach- und Bildübertragung im 25. Jahrhundert. Da die Raumschiffe mit weit über der Lichtgeschwindigkeit fliegen, muss der Zeitunterschied zwischen Raumschiffen und Raumstationen ausgeglichen werden. Die genaue Bezeichnung lautet: Lichtgeschwindigkeits- Ausgleich- Kommunikator, nach dem Erfinder Professor Elias Wardenga aus Deutschland.

Marshal Stan Thor machte sich nun daran, die Mannschaft aufzustellen, die für diesen Einsatz am geeignetsten zu sein scheint. In seiner Bibliothek sind alle Frauen und Männer des STAR MARSHAL OFFICE vertreten. Jetzt musste er nur noch die Verfügbarkeit abrufen. „Hoffentlich ist Korogon vom Planet Amesis abrufbereit. Er kennt seinen Heimatplanet am besten.", murmelte Stan, auf dem Bildschirm schauend, so vor sich hin. „Ach, ich werde ihn sofort kontaktieren." Stan nahm das Mikrofon und schaltete L-Com auf senden. „Stan Thor über L-Com an Marshal Korogon…

bitte melden… Dringlichkeitsstufe 999ROT3.“ Jetzt konnte es einige Zeit dauern bis der Kontakt hergestellt wird. Der Lichtgeschwindigkeits-Ausgleich-Kommunikator musste schließlich viel berechnen. War Marshal Korogon nur „um die Ecke“ oder viele Lichtjahre entfernt zu finden? Stan Thor schrieb in der Wartezeit seine Liste weiter zusammen. „Mmh… auf jeden Fall will ich Gains dabei haben, auf jeden Fall.“ Marshal Greg Gains war Stans Freund seit der Kindheit. Beide gingen den Weg der Polizei-Schule gemeinsam. Beide konnten sich jederzeit aufeinander verlassen. Beide retteten sich viele Male gegenseitig das Leben. Greg Gains ist seit 20 Jahren verheiratet, 2 Kinder, ein Haus in Florida. Es war eines der letzten Grundstücke in Florida, welches durch den Präsidenten vergeben wurde. Gains war maßgeblich daran beteiligt, dass der Präsident heute noch lebt. „Hi, hier Korogon. Alles Roger bei dir, Stan?“, ertönte es aus dem L-Com. „Na, du wirst ja auch immer amerikanischer, Korogon. Ich freue mich, dass du dich meldest.“, sagte Stan Thor. „Ist doch klar. Ich habe bereits auf deinen Anruf gewartet. Auf meinem Heimatplanet ist ja wohl die Hölle los.“, so Korogon. „Stimmt, gib mir doch bitte Informationen. Um welche Erze handelt es sich?“, fragte Stan Thor. „Krysilium, Stan, es handelt sich um Krysilium. Es ist leicht zu verarbeiten. Wird Krysilium langsam unter Druck gesetzt, dann gibt es kontinuierlich seine Energie frei. Schlägst du auf Krysilium, dann explodiert es mit einer unvorstellbaren Kraft.“, erklärte Marshal Korogon. „Unglaublich, dieses Krysilium. Übrigens, wo bist du gerade?“, so die Frage von Marshal Thor. „Ich stehe bei dir vor der Tür! Haste mal ein Bier?“

Jetzt gingen die Marshals die Liste durch. Sie entschieden sich für Marshal Gains, Marshal Stark vom Planet Demus, Marshal Ricardo von der Erde, sowie die Deputys Norgon und Fenston von der

Einsatzzentrale Kredok 07. Dazu kommt natürlich noch die ständige Besatzung des Polizei-Raumschiffs STAR MAR 8.

Keine 12 Stunden später startete dann das Raumschiff. Bis zum Planet Mendrok waren es gute 3 Tage Flugzeit bei 6-facher Lichtgeschwindigkeit. „Marshal Stan Thor an das Mars Hauptquartier.“ „Hier Mars Hauptquartier, bitte sprechen sie, Marshal.“ „Wir sind auf dem Weg zum Einsatzort. Bitte übermitteln sie alle Informationen und Daten über L-Com. Wir melden uns und geben einen Statusbericht. Marshal Stan Thor… Ende.“

Kurz vor ihrem Ziel ging die STAR MAR 8 auf Unterlichtgeschwindigkeit. Provokativ und siegessicher patrouillierten drei Raumschiffe versetzt um den Planet Mendrok. „Projektor einschalten!“, befahl Marshal Thor. Der Ton wurde nun Ernst. Vorbei mit „haste mal ein Bier“, jeder war sich der Aufgabe bewusst. Jeder wusste, dass Krysilium eine ungeheure Macht in den Händen von Terroristen ist. Jeder war aber auch bereit, sein eigenes Leben für viele Milliarden Lebewesen im Universum zu opfern. Denn es sind die Star Marshals, die im Weltraum für Recht und Ordnung sorgten. „Projektor ist eingeschaltet, Marshal.“, verkündete der Navigator der STAR MAR 8. Der Projektor projizierte nun den Weltraum, der hinter dem Raumschiff zu sehen war, vor das Raumschiff. Dazu waren insgesamt 8 Projektoren nötig, die an allen Ecken des Schiffs eingebaut waren. Marshal Korogon rief: „Es sind Trüpiden-Schiffe!“ „Erkläre das genauer.“, antwortete Stan Thor. „Mit den Trüpiden hatte wir schon einmal zu tun. Über etliche Jahrhunderte und von Generation zu Generation reisten sie im Tiefschlaf in unsere Galaxis, um nach Beute zu suchen.“, erklärte Korogon.

„Ich orte zwei verschiedene Arten von Lebensformen im Amtssitz auf dem Planet Mendrok.“, analysierte der erste Offizier der

STAR MAR 8. „Und ich erkenne auf dem Bildschirm ein weiteres Schiff der Trüpiden.", sagte der Navigator aufmerksam. „Typisch.", erkannte Marshal Korogon. „Sie halten unsere Politiker gefangen und erzwingen Beute. Dann folgt der Raumfrachter zur Verladung." „Vorschläge!", rief Stan Thor in die Runde. „Wir vernichten die drei Raumschiffe und den Frachter!", brachte sich Deputy Norgon ins richtige Licht. „Es ist noch ein weiter Weg zum Marshal für dich.", antwortete Marshal Stark. „Sorry.", so der Deputy kleinlaut. „Krogon, kommen wir unbemerkt in euren Amtssitz?", fragte Stan Thor. „Ja, wir Marshals vom Planet Mendrok haben die Codes für die fünf unterirdischen Fluchtgeheimgänge."

„Gut, dann arbeiten wir jetzt einen Plan aus. Wieviel Zeit haben wir bis zum Eintreffen des Frachters?", so Marshal Thor. „Etwa zwei Stunden.", schätzte der Navigator. Nach 43 Minuten stand der Plan. Die Körpertransporter sollten die Marshals und Deputys in die unterirdischen Geheimgänge befördern. „Hoffentlich stimmen alle Koordinaten, mein lieber Freund Korogon. Sonst war es das mit dem Bier, dann werden wir in einem Felsen materialisiert.", lachte Marshal Stan Thor. „Ich habe alle Daten so gut wie möglich geschätzt.", flachste Marshal Krogon. „Waaas? Geschätzt?", schrie Deputy Fenston. „War nur Spaß.", erwiderte Krogon. In dem Augenblick drückte Taktiker Ross Corwell der STAR MAR 8 auf den Transportknopf. Auch Ross Corwell hätte sich an dem Befreiungsunternehmen beteiligen können, er hatte Ausbildungen in allen Kampfsportarten absolviert. Aber er gehört zur Verteidigungscrew des Raumschiffes. Außerdem sind im Jahr 2480 das Tragen und Benutzen von Waffen nur den Marshals und Deputys gestattet. Gespannt schaute Corwell auf seine Monitore und Datenbänke. „Geschafft Leute! Sie sind gut angekommen, alle Lebenssignale sind im grünen Bereich. Bei Deputy Fenston sehe ich einen erhöhten Pulsschlag.", sagte Corwell. „Bei dem Spaß zuvor von

Korogon… kein Wunder.", lachte der Navigator. Captain des Raumschiffs STAR MAR 8 war Lydia Gohr. Jeden Einsatz, den Marshal Stan Thor hatte, erlebte sie mit wackeligen Knien mit, denn sie war sehr an Stan interessiert. Zumal Stan auch noch ein sehr attraktiver Junggeselle war. Kurz bevor der Funke überspringen konnte, beide amüsierten sich im Freizeitraum an der Bar, wurde die STAR MAR 8 angegriffen. Beide verschoben ihr Rendezvous dann auf unbestimmte Zeit. „Maschinen auf Bereitschaft einstellen. Fluchtgeschwindigkeit in Richtung Erde berechnen. Kampfplätze besetzen, falls die Jungs Schwierigkeiten bekommen.", befahl Lydia Gohr mit fester Stimme.

In der Zwischenzeit verteilte Marshal Stan Thor die Aufgaben im Untergrund des Amtssitzes der Führung des Planeten Mendrok. Plötzlich Geräusche. „Ruhig Männer.", flüsterte Stan Thor. „Wahrscheinlich haben die Trüpiden die Geheimtüren entdeckt.", sagte Korogon. „Ich gehe vor, Stan. Nimm meine Ausrüstung und meine Waffen. Sie denken, dass ich ein Arbeiter wäre. Ich habe einen Plan.", so Korogon weiter. Er ging mit einer Spitzhacke in den Händen, die vor langer Zeit beim Bau der Gänge gebraucht wurde, laut pfeifend direkt auf die Kidnapper zu. „Hallo Leute, wir haben eine neue Quelle des Erzes gefunden. Nanu? Wer seid ihr denn, solch nackte Gestalten habe ich auf unserem Planeten noch nie gesehen?" Sofort schlug ihn einer der Trüpiden nieder. Nun, im Gegensatz zu den Bewohnern des Planeten Mendrok, die mit einem dichten Körperpelz ausgestattet waren, sahen die Trüpiden wirklich blass und kahl aus. Waffen wo man nur hinblicken konnte, ein militärisches auftreten, gepaart mit einem grimmigen Gesichtsausdruck. Die Marshals waren in sicherer Entfernung. „Müssen wir nicht eingreifen?", flüsterte Ricardo fragend. „Er weiß, was er tut.", so Stan Thor. Benommen stand Korogon auf. Es folgte der nächste Schlag. „Wo sind die Erze? Führe uns sofort dort hin.", ertönte es aus den Übersetzungskommunikatoren der Trüpiden. Laut rief Korogon: „Ach, könnt ihr nicht in unserer Sprache kommunizieren? Braucht ihr also Übersetzer? ÜBERSETZER braucht ihr also!" „Marshal Stan Thor verstand den Wink sofort. Bei Übersetzern spielte es keine Rolle wer spricht, es wurde alles per Computerstimme ins Trüpidische übersetzt. „Sage sofort wo die Erzquelle ist, Arbeiter, sonst…" „Keine Panik! Ich will mein Leben behalten. Folgt mir.", sagte Korogon. Er führte die vier Trüpiden direkt auf die Marshals zu. In seinem dichten Pelz hatte er eine Strahlenkanone versteckt. Blitzschnell zückte er das Ding, drehte sich um und feuerte. Gleichzeitig standen die Marshals im Gang und zogen wie in einem Western ihre Kanonen. Die Trüpiden überlebten dieses Duell nicht. Marshal Ricardo blies wie Clint Eastwood den Rauch aus dem Lauf, nur rauchte im 25. Jahrhundert nichts, es waren schließlich Laserkanonen. „Gut, dass du deine Kanone in deinem Pelz verstecken konntest, alter Freund.", freute sich Stan. „Ja, sonst fühle ich mich wirklich sehr nackt.", erwiderte Korogon lachend. „So Männer, Planänderung. Über den Übersetzungskommunikator lotsen wir so viele Trüpiden wie möglich hierher. Korogon und ich verstecken uns vor der Tür des Amtssitzes und versuchen mit dem Rest fertigzuwerden. Danach greifen wir von hinten an und nehmen die Bande ins Kreuzfeuer.", ordnete Marshal Thor an. „Lass‘ mich in den Kommunikator sprechen. Ich hörte, wie einer mit einem Krockzeck sprach.", so Marshal Korogon. „Mache es, wir räumen die Leichen beiseite.", sagte Stan. „Ich rufe Krockzeck, ich rufe Krockzeck!", rief Korogon in den Kommunikator. „Du hörst dich so anders an, Nimzock. Was ist los?", ertönt es aus dem Kommunikator. „Die Erze stören den Kommunikator. Wir haben eine Goldgrube gefunden. Erze in Hülle und Fülle. Kommt herunter um uns zu helfen. Der Frachter soll sich bereit machen und die Schutzschilder runterfahren.", befahl

Korogon per Übersetzungskommunikator. „Unser Frachter hat gar keine Schutzschilder. Nimzock, bist du das wirklich?", ertönte es. Die Sache schien aufzufliegen. Da fand Stan bei einem getöteten Trüpiden eine Flasche Plohm, das ist ein alkoholisches Getränk auf Mendrock und warf sie vor Korogons Füße. „Ich meine diese Schutzschilder, oder wie heißt das denn, diese Schutzetiketten vom erbeuteten Plohm, damit wir alle anstoßen können. Wir waren schließlich erfolgreich!", sagte Korogon. „Ha, ha, ha! Ja, du hast Recht Nimzock! Auf den Erfolg und die Beute!"

Die Marshals Thor und Korogon liefen schnell zum Eingang und versteckten sich. Die Geheimtür öffnete sich und 12 Trüpiden gingen lachend und siegessicher den Gang entlang, direkt in die Arme der anderen Marshals und Deputys. Diese positionierten sich geschickt zwischen den Felsen. Thor und Korogon warteten etwas, danach erstürmten sie den Amtssitz. Die beiden übriggebliebenen Trüpiden waren ein leichtes Spiel für die Marshals. „Jetzt zu den anderen!", rief Korogon, nachdem er sah, dass die Führer des Planeten Mendrok unverletzt waren. „Warte, ich kontaktiere das Raumschiff. Marshal Thor an das Raumschiff STAR MAR 8. Bitte melden." „Hier Captain Lydia Gohr. Stan, seid ihr unverletzt?" „Ja, Lydia, sind wir. Auf mein Zeichen legt ihr euch mit den drei Raumschiffen an, nehmt auch den Frachter in Angriff!", so der Marshal. „Geht klar, viel Glück euch!", so Lydia Gohr. Von weitem hörten die beiden Marshals schon die Strahlenkanonen. Gains, Stark, Ricardo, Norgon und Fenston schossen aus allen Rohren. Norgon war leicht verletzt. Die Trüpiden hatte größere Verluste. Drei von ihnen hatten gut geschützte Verstecke. Plötzlich standen die Marshals Thor und Korogon hinter ihnen. „Im Namen des Gesetztes des STAR MARSHAL OFFICE! Ihr seid verhaftet, legt die Waffen nieder und ergebt euch!" Die drei Trüpiden drehten sich um und zogen ihre Waffen. Aber die Marshals waren schneller. Durchbohrt mit zahlreichen Schusswunden sackten die Trüpiden zusammen. Stan Thor gab sofort das Zeichen zum Raumschiff, damit Lydia handeln konnte.

Captain Lydia Gohr ließ die STAR MAR 8 etwa 5000 Meter neben dem eigentlichen Aufenthaltsort projizieren. Über den erbeuteten Übersetzungskommunikator rief Marshal Stan Thor die Raumschiffe auf, sich zu ergeben. Er selbst und die anderen blieben noch auf dem Planet Mendrok, falls die Trüpiden weitere Kämpfer schicken sollten. Außerdem war es zu gefährlich, jetzt den Körpertransporter einzusetzen. Die Trüpiden Schiffe umzingelten die projizierte STAR MAR 8 und feuerten aus allen Kanonen. Sie besaßen Plasma-Bomben, die die STAR MAR 8 sofort vernichten könnte. Captain Gohr blieb auf ihrer verdeckten Position. Marshal Thor rief nochmals über den Übersetzungskommunikator: „Im Namen des Gesetztes... ergebt euch!"... ... ... Jetzt war Lydia Gohr gefragt. „Antimaterie-Werfer ausrichten. Auf Fluchtgeschwindigkeit vorbereiten. Mit den Körpertransportern die Mannschaft auf dem Planet erfassen. Navigator, beobachten sie den Frachter, der will fliehen!", befahl Gohr. „FEUER FREI!"

Die Trüpiden merkten viel zu spät, dass sie aus einer anderen Richtung angegriffen wurden. Die starke Feuerkraft der STAR MAR 8 vernichtete die drei Raumschiffe sofort. „Holt uns an Board.", sagte Stan Thor über L-Com. „Jetzt den Frachter verfolgen.", so Lydia Gohr. Sie stellten den Frachter und verhafteten die Crew. Der Frachter wurde den Beamten des Planeten Mendrok übergeben, um technische Informationen über die Eindringlinge zu erhalten. Die Crew des Frachters wurde eigesperrt und wartete nun auf ein Gerichtsverfahren.

„Bin ich froh, dass ihr alle wieder auf dem Schiff seid. Wie sieht es heute Abend mit einem Rendezvous in der Schiffsbar aus, Stan?", fragte Lydia. „Ich freue mich darauf.“, erwiderte Stan. „Wir setzen die Ganoven auf Ursus 4 ab. Dort ist ein Sicherheitsgefängnis. Es sind nur wenige Lichtjahre Umweg, dann haben wir das Gesindel nicht so lange auf unserem Schiff.“, ordnete der Marshal an. Das Polizei-Raumschiff startete zu diesem Planet. Der Eintrag ins Logbuch lautete: „Auftrag mit Erfolg durchgeführt. Die Führung auf Mendrok ist befreit. Auf unserer Seite keine Verluste. 18 Gefangene, die zu Ursus 4 gebracht werden. Voraussichtliche Rückkehr zum Mars in etwa 100 Stunden nach Erdenzeit. Captain Gohr… Ende.“

In der Schiffsbar trafen sich abends die Marshals, Deputys und Crewmitglieder der STAR MAR 8. Es wurde gefeiert, gelacht und erzählt. Der Nahrungsreplikator erzeugte Weine aus einer längst vergessenen Zeit. „Ich habe da mal eine Frage, Captain. Wie haben Sie damals entdeckt, dass es außerhalb des Universums noch Raum gibt? Ich dachte, das Universum ist endlich.“, fragte Deputy Norgon. „Eigentlich wollte ich mich jetzt amüsieren, Deputy, aber ich erkläre es ihnen gerne. Ich war gerade zwei Monate Captain auf dem Technikraumschiff LOGROS 07. Es war vollgepackt mit der neusten, aber ungeprüften Technik. Es waren Antriebserfindungen, es wurde mit Materie, Antimaterie, Dunkle Energie, usw. experimentiert. Prof. Isaak Greg war immer schon der Meinung, dass alles wie im Kleinen, so auch im Großen ist. Das Elektron kreist um den Atomkern, der Mars kreist um die Sonne, die Sonne kreist in der Milchstraße um ein Schwarzes Loch. Galaxien kreisen um riesige Schwarze Löcher. Und was ist mit dem Universum? Ist danach das Nichts? Wir testeten gerade einen neuen Antrieb mit der Dunklen Energie. Plötzlich waren wir nicht mehr im feststofflichen Universum, sondern in der Dunklen Materie. Wir schossen durch das Universum und wurden aus diesem katapultiert. Wir knallten nicht etwa an eine Wand, an ein Ende des Universums. Nein, der Raum, in dem sich das Universum ausdehnt, ist viel größer. Das

Raumschiff stoppte irgendwann. Als wir im Ansatz realisiert haben, was da eigentlich passiert ist, sahen wir unser Universum so groß wie eine Wassermelone auf den Monitoren. Wir stellten die Außenkameras auf Rundumsicht. Wir sahen viele andere Universen. Prof. Isaak Greg nannte diesen Raum das Omnium. Wie viele Universen das Omnium beinhaltet, wissen wir noch nicht." Der Deputy bedankte sich und ging zur Bar, um mit seinen Freunden darüber zu diskutieren.

„Stan, hier ist mir heute zu viel los, lass' uns in meine privaten Räume verschwinden.", schlug Lydia vor. Beide schlichen sich aus der Bar und verbrachten eine herrliche Nacht zusammen.

„Navigator an den Captain. Wir nähern uns Ursus 4.", ertönte es aus dem L-Com. „Ich komme sofort auf die Brücke.", antwortete Lydia Gohr. „Liebster, kümmerst du dich um die Gefangenen? Aber sei vorsichtig."

Die 18 Gefangenen wurden abgeliefert. Nun nahm das Polizei-Raumschiff Kurs auf den Mars.

Alle Systeme arbeiteten einwandfrei. Plötzlich meldete sich die Stimme des Bordcomputers: „Warnung! Die Nähe eines Schwarzen Lochs wird registriert! Warnung!" „Captain, ich habe das Schwarze Loch auf dem Schirm. Es liegt auf unserer Route. Das Schwarze Loch hat seine Position stark verlagert, unsere Weltraumkarten müssen neu erfasst werden.", so der Navigator. „Übermitteln sie alle Daten zu allen 128 Planeten, die dem STAR MARSHAL OFFICE angeschlossen sind. Geben sie eine allgemeine Warnung aus.", befahl Captain Lydia Gohr. „Objekt von Backboard!", schrie der Wissenschaftsoffizier. Zu spät. Ein riesiger Eisbrocken, angezogen durch das Schwarze Loch, kollidierte mit der STAR MAR 8 und riss das Raumschiff in Richtung Schwarzes Loch. „Gegensteuern! Volle

Kraft!", rief Gohr. „Eine Antriebsgondel ist beschädigt. Ich kann sie nicht aktivieren. Wir werden vom Schwarzen Loch angezogen!", so der Wissenschaftsoffizier. „Können wir durchfliegen oder werden wir zerfetzt?", sorgte sich Deputy Fenston. „Wer durch ein Schwarzes Loch fliegt, steuert innerhalb dessen auf ein Weißes Loch zu. Der Endpunkt ist ein Paralleluniversum zu unserem. Aber das ist Theorie, pure Theorie!", erklärte Captain Lydia Gohr. „Die linke Antriebsgondel ist abgerissen!", so der Navigator. „Wir geben die STAR MAR 8 auf. Geben sie einen Bericht zum Mars. Alle Mann von Bord. Besetzt die Fluchtkapseln. Ich bleibe so lange wie möglich auf dem Raumschiff und versuche die Stellung zu halten!", rief Gohr. „Wir bleiben!", rief der Navigator. „Das ist ein Befehl! Alle Mann von Bord!", bekräftigte Gohr. „Ich bleibe, Lydia.", flüsterte Stan Thor.

Die Fluchtkapseln schossen mit Lichtgeschwindigkeit in Richtung Mars. „Ich bereite unsere Fluchtkapsel auch vor, Lydia.", sagte Stan. Stan packte auch etwa zwei Kilogramm Krysilium ein. Damit wollte er im Mars-Hauptquartier experimentieren. „Computer, wann müssen wir spätestens das Raumschiff verlassen?", fragte Gohr. „Sie erreichen den gefährlichen Einzug in genau 3 Minuten und 45 Sekunden. Sie erreichen den Kern in 4 Minuten und 23 Sekunden. Heute ist das Wetter auf der Erde in Kalifornien sonnig. Sie sind Schach-Matt in zwei Zügen. Sie sind schwanger, Captain. Sie haben noch drei krotiokorendrendrum….", antwortete der Computer und versagte völlig. Die STAR MAR 8 drehte sich immer schneller, wurde immer näher angezogen. Die Außenkameras versagten. Das Lebenserhaltungssystem versagte. Immer mehr Systeme fielen der Anziehungskraft und dem enormen Druck zum Opfer. Lydia und Stan saßen gefangen in der Fluchtkapsel. Der kleine Monitor funktionierte noch. Die Frage war nun, wann ist der richtige Augenblick zum Starten? Geht es dann tiefer in das Schwarze Loch oder schaffen sie den Sprung in die Freiheit. „Durch die

Drehbewegung habe ich berechnet, dass die zweite Antriebsgondel des Schiffs in Richtung Kern zeigt. Wir gehen auf Fluchtgeschwindigkeit und gleichzeitig schieße ich auf die Gondel. Wenn sie explodiert wird die freiwerdende Kraft uns helfen freizukommen.", schlug Lydia vor. „Ja, ist natürlich Theorie, ist schon klar.", lachte Stan mit Galgenhumor. „Übrigens lautet die letzte Botschaft der Crew, dass alle in Sicherheit sind.", ergänzte er noch.

Das Raumschiff drehte sich schneller und schneller. Lydia leitete die geplante Aktion ein. Ein Lichtblitz, denken war jetzt unmöglich, Angst haben war unmöglich, beide umarmten sich. Als die Antriebsgondel der STAR MAR 8 explodierte, setzte sie eine enorme Kraft frei, gleichzeitig ging die Fluchtkapsel auf Lichtgeschwindigkeit.

„Captain Lydia Gohr an die Crew der STAR MAR 8. Meldet euch. Die STAR MAR 8 ist explodiert, Marshal Thor und ich sind gerettet. Bitte melden.", funkte Captain Lydia Gohr in den Raum. Keine Antwort. „Vielleicht ist unser L-Com beschädigt, lass' uns in Richtung Mars fliegen.", schlug Stan vor.

Die Zeit verging. „Ich bin übrigens schwanger.", freute sich Lydia. „Was? Ich werde Vater! Klasse!", freute sich Stan ebenso. Der Mars war in Sicht. „Was ist das denn? Der Mars ist unbewohnt. Wo sind unsere Städte? Wo ist mein Haus?". Stan war unangenehm überrascht. „Es kann sich nur um einen Zeitsprung handeln. So etwas ist noch nie geglückt. Aber was heißt geglückt. Jetzt sind wir mittendrin. Was erwartet uns? Etwa Dinosaurier?", analysierte Lydia. Sie flogen in Richtung Erde. „Ich analysiere in Europa eine hohe Bevölkerungsdichte. Mein Vorschlag ist es, wir landen geschützt im Gebiet der Rocky Mountains. Wir sind übrigens mitten im Wilden Westen. Hier können wir uns am besten eine neue

Identität aufbauen.", schlug Stan vor. „Gut, ich bin einverstanden. L-Com stelle ich auf SOS. Die Energie reicht für Jahrhunderte.", so Lydia. Die Fluchtkapsel näherte sich der Stratosphäre. Lydia fuhr die Flügel aus. Jetzt sah die Fluchtkapsel wie ein Fluggleiter aus. „Ich stelle auf Schubumkehr, halte dich gut fest, Stan." Lydia landete den Gleiter vorsichtig zwischen Felsen nahe Colorado Springs.

 Colorado Springs wurde gerade gegründet. „Ich erkenne Menschen in etwa 500 Meter Entfernung auf dem Monitor. Sie sind verletzt.", sagte Lydia. Lydia und Stan stiegen aus dem Gleiter und wollten zu den Verletzten, um ihnen zu helfen. Es war eine Familie, die auf dem Weg nach Colorado Springs war. Nur der Vater lebte noch. „Wo ist meine Frau? Wo meine beiden Kinder? Unser Erspartes, wo ist das?", stammelte er schwerverletzt. „Alles ist in Ordnung. Ruhen sie sich aus, wir versorgen sie und ihre Familie.", tröstete Lydia den Mann. Der Mann starb in ihren Armen. Alle wurden erschossen, das ersparte Geld war verschwunden. Ein Goldnugget fanden sie versteckt im Planwagen. Lydia und Stan zogen die Kleidung des Paares an. Stan nahm noch sein Krysilium mit, außerdem einige Bordwerkzeuge. Die Strahlenkanonen nahmen sie nicht mit, auch keine Kommunikatoren. Jetzt fuhren sie mit dem Planwagen nach Colorado Springs. Dort angekommen, verschafften sich Lydia und Stan zunächst einen Überblick. In der Bank gaben sie das Gold ab und tauschten es gegen Dollar ein. Danach wollten sie ins Hotel. „Suchen sie eine Bleibe für ihre beiden Pferde?", fragte ein Junge. „Für einen viertel Dollar sorge ich dafür, dass die Pferde Futter erhalten, striegele sie und der Planwagen wird gut untergestellt."

„Wer bist du denn?", fragte Stan. „Pedro, ich bin Pedro. Ich sorge für meine Familie.", antwortete der Junge. Stan gab ihm einen ganzen Dollar und sagte: „Mein Name ist Marshal Thor. Wo lebt deine Familie?" „Waas? Sie sind Marshal? Ein echter Marshal?", staunte Pedro. „Ja, mein Junge, bin ich.", so Marshal Stan Thor, „Und das ist meine Begleiterin, Captain… äh, nein, ach nenne sie einfach Ms. Gohr." „Mr. Marshal, sie finden meine Familie, mich und ihren Planwagen am Ende der Straße auf der rechten Seite.", so Pedro und fuhr mit dem Planwagen los. Im Hotelzimmer überlegten Lydia und Stan ihre weitere Vorgehensweise. „Sollte die Welt im Jahr 2480 uns finden, sind wir gerettet. Wenn nicht, dann sitzen wir im Jahr 1880 fest. Aber wir machen das Beste daraus, Lydia. Ich besorge mir zunächst einmal einen Colt, für alle Fälle.", sagte Stan. „Gut, bringe mir auch einen mit. Ich bestelle inzwischen etwas zu Essen.", ergänzte Lydia. Stan besorgte eine gute Ausrüstung. „Na, damit können sie ja Sitting Bull alleine besiegen.", lachte der Verkäufer des Geschäftes, in dem es einfach alles gab. „Ja sicher, ich hörte, dass der Wilde Westen ganz schön wild sei. Ich nehme noch eine Tüte Lutscher.", sagte Stan Thor. Auf der Straße traf er Pedro, der gerade verkünden wollte, dass er einen echten Marshal kennt. „Pedro!", rief der Marshal, „Höre mir einmal zu. Verrate noch nicht, dass ich Marshal bin. Ich habe einen Geheimauftrag, weißt du. Hier habe ich Süßes für dich und deine Freunde." „Verstehe, Marshal. Ich verrate nichts. Können sie denn auch meinem Vater helfen?", fragte Pedro. „Später, mein Junge, später."

In Colorado Springs eröffneten immer mehr Saloons. Es floss viel Alkohol, der ein oder andere Tote war zu beklagen. Viele Familien zogen von Norden nach Süden, von Osten nach Westen, es war der Goldrausch, der alle in seinen Bann zog. Glück und Unglück lagen nahe beieinander. Der Sheriff der Stadt hatte viel zu viel zu tun. Die Zeit verging. Lydia und Stan ließen sich in der Kirche trauen. In 4 Wochen erwarteten sie ihr erstes Kind. „Wird es ein Mädchen, könnte es Selina heißen, wird es ein Junge, dann Korogan, den Namen gibt es auf Mendrok.", sagte Stan begeistert. Lydia lachte laut: „Stan, wir befinden uns im Jahr 1880 auf der Erde. Wir müssen Namen aus diesem Jahrzehnt auswählen. Wie wäre es mit Joe oder Elizabeth?" „Ist in Ordnung. Hauptsache gesund.", so Stan. Es wurde dann doch ein Joe. „Das ist jetzt bestimmt Höhere Mathematik, Lydia.", sagte Vater Stan. Mutter Lydia darauf: „Verstehe ich jetzt nicht, Liebster." „Nun ja, es war eine schöne Nacht 2480. Jetzt, 1880, wurde unser Sohn geboren, dann ist er jetzt doch Minus 600 Jahre alt!", lachte Stan. Beide nahmen sich in den Arm und waren glücklich.

Lydia fand eine Anstellung im Kolonialwarengeschäft Smith & Co. Stan wurde Viehtreiber, ein echter Cowboy also. Es hatte alles sehr wenig mit den Showduellen im Entspannungsraum auf dem Mars zu tun. Und mit dem Sheriff aus Omaha, die Geschichten vom Opa, gab es auch nicht viel Ähnlichkeit. Es war als Cowboy ein harter Job. Abends sprachen die Eheleute dann über ihren erlebten Tag. „War Joe brav heute?", fragte Stan. „Sehr sogar. Wenn alle so brav sein würden. Du bist ja auf der Ranch. Aber hier in der Stadt wird es immer gefährlicher. Es entsteht ein richtiger Bandenkrieg.", mit ängstlicher Stimme sagte Lydia diese Worte. „Und der Sheriff? Kommt er noch zurecht?" „Nein, die Übermacht ist zu groß."

In der Freizeit arbeitete Stan auf dem Hof von Pedro an seinem speziellen Colt. Er baute eine größere Trommel ein. Jetzt hatte der Revolver neun Schuss. Für die letzten drei Patronen verwendete er Krysilium. Nur eine Winzigkeit sorgte für eine Explosion, ähnlich wie Dynamit. Die Trommel ließ sich leicht entnehmen, eine gefüllte Ersatztrommel hatte Stan immer in der Tasche. Aber er hatte noch mehr vor, aber alle Arbeiten kosteten sehr viel Zeit. „Mr. Marshal, darf ich dich etwas fragen?", so Pedro. „Natürlich, mein Junge. Was bedrückt dich?" „Mr. Marshal, es geht um meinen Vater. Er ist von einer Bande verschleppt worden. In einer Mine muss er arbeiten. Der Sheriff sagt, er wäre in Omaha. Aber dort sei er nicht zuständig.

Mr. Marshal, kannst du helfen?" „Ich werde dir und deiner Familie helfen. Ihr habt mir und meiner Frau geholfen. Bei euch ist Joe geboren worden und ihr passt gut auf mein Kind auf. Ich verspreche, ich helfe dir."

Abends besprach Stan alles mit seiner Frau Lydia. Lydia hatte schlechte Nachrichten. In zwei Tagen erscheint hier in Colorado Springs die Stanton-Bande. Der Sheriff mobilisiert gerade Helfer. Aber wer wird schon mit Revolverhelden fertig? „Lass' mich überlegen, Lydia. Bleibe du an dem Tag im Geschäft und lasse dich nicht auf der Straße sehen. Unser Joe ist bei Pedro gut aufgehoben. Schlafen wir jetzt.", beruhigte Stan seine Frau.

Stan nahm sich für den besagten Tag frei. Er hatte so gute Arbeit geleistet, dass der Rancher Cliff Dorn ihm gern diesen Wunsch erfüllte. Morgens brachten Lydia und Stan ihren Sohn zu Pedro. Lydia ging normal zur Arbeit. Vor dem Laden stand eine Bank. Stan Thor setzte sich mit einer Zeitung darauf und beobachtete alles. Der Sheriff war sehr nervös. Er verteilte seine Helfer. Stan Thor erinnerte sich gern an seine Deputys. Wenn er jetzt die Truppe hätte… aber die war 600 Jahre entfernt. Plötzlich kam ein Reiter und rief: „Sie kommen! Bringt euch in Sicherheit! Sie kommen!"

Eine dramatische Situation entstand. Der Sheriff stellte sich wagemutig mitten auf die Straße. „Das ist ja Wahnsinn.", dachte sich Marshal Stan Thor. Die Bande ritt in die Stadt ein. Angeführt von Bill Stanton. Fünfzehn Männer saßen bis an die Zähne bewaffnet auf ihren Pferden. Die Bewohner von Colorado Springs versteckten sich. Zwei Helfer des Sheriffs hatten die Hose voll und liefen einfach in die Kirche. „Wie ist die Lage, Stan?", flüsterte Lydia durch die etwas geöffnete Ladentür. „Die Bande fühlt sich sehr sicher, sie haben sich nicht verteilt. Ich hoffe es sind nicht mehr. Ansonsten… Fünfzehn auf einen Streich."

Immer näher kam die Bande. Mit ihren Revolvern und Gewehren zielten sie auf Fenster und Türen. Sie schossen nicht, aber verbreiteten so Angst und Schrecken. Jetzt ritten sie an Marshal Stan Thor vorbei. Mit der Zeitung verdeckte er seinen umgebauten Colt. Nun standen die fünfzehn Männer vor dem Sheriff. Marshal Thor war in ihrem Rücken. „Mach' dich aus dem Staub, Sheriff. Wir übernehmen die Stadt.", befahl Bill Stanton. „Ich verhafte euch im Nehmen des Gesetzes.", antwortete mutig der Sheriff. Die Männer positionierten sich nebeneinander vor dem Sheriff. Langsam erhob sich Marshal Stan Thor und suchte Schutz vor einem Pfosten. Lässig lehnte er sich daran, aber mit der Hand am Colt. „Ihr habt gehört, der Sheriff hat euch etwas gesagt. Ich sage hiermit, legt die Waffen nieder." Drei Männer drehten ihr Pferd in Richtung Marshal. „Wer sagt das?" „Mein Name ist Marshal Stan Thor und nun runter mit den Waffen."

Die Männer zogen ihre Revolver. Stan Thor war klar schneller. Noch drei Schuss waren offiziell in der Trommel. Bill Stanton schoss auf den Sheriff. Am Boden liegend erschoss dieser zwei Männer. Dann traf ihn eine weitere Kugel. Jetzt drehten sich zehn Männer zu Marshal Stan Thor. „Was war noch, Großmaul? Was willst du mit deinen drei Kugeln ausrichten?", so Stanton. „Ich warne euch ein letztes Mal, Waffen fallen lassen.", so der Marhal. „Macht ihn fertig!", schrie Stanton. Noch ehe die Bande ihre Kanonen ziehen konnten, erschoss der Marshal mit den drei Kugeln Bill Stanton, danach schoss er mit den Krysilium-Patronen in die Mitte der Bande. Die heftigen Explosionen warfen die Männer von den Pferden. „Nun noch einmal, ich verhafte euch im Namen des Gesetzes.", sagte der Marshal mit ruhiger Stimme, dabei setzte er die nächste gefüllte Trommel ein. Jetzt kamen die Helfer des Sheriffs aus ihren Verstecken und brachten die Überlebenden ins Gefängnis.

Der Sheriff wurde verarztet. Noch lange Zeit erzählten sich die Bürger von Colorado Springs dieses Duell. „Ich bleibe solange mit meiner Familie in der Stadt, bis sie gesund sind, Sheriff.", sagte der Marshal. „Einen Mann wie sie könnten wir hier gut gebrauchen. Ich danke ihnen im Namen der Stadt Colorado Springs. Ich verdanke ihnen mein Leben, Marshal.", so der Sheriff. „Leider muss ich ablehnen. Ich habe einem kleinen Jungen etwas versprochen. In der nächsten Woche geht es nach Omaha."

Der Tag des Abschiedes aus Colorado Springs nahte. Familie Thor wurde mit großem Beifall verabschiedet. Stets überdeckte Marshal Stan Thor das Wort STAR auf seinem Marshal-Abzeichen. Im 25. Jahrhundert trugen die Marshals das Abzeichen, da sie sich mit den US-Marshals im 19. Jahrhundert verbunden fühlten. Um eine neue Identität aufzubauen, ließen sich Lydia und Stan ihre Dienste in Colorado Springs schriftlich bestätigen. Später nannte man dies dann Arbeitszeugnis. Jetzt waren beide echte Amerikaner aus dem 19. Jahrhundert. „Ich werde nach Omaha telegrafieren, dass ich sie als Sheriff empfehle, Mr. Thor. Das ist das Mindeste was ich tun kann, um ihnen das Leben dort zu vereinfachen.", versprach der Sheriff von Colorado Springs.

Der Weg nach Omaha war lang und beschwerlich. Über 600 Meilen waren zurückzulegen. Der alte Planwagen musste oft von Stan repariert werden. Es war heiß. Die Sonne war mörderisch. Langsam gingen die Essens-Vorräte zu Ende. Wasser hatten sie genug, denn die Bewohner in Colorado Springs empfahlen die Route am Platte River entlang. Die Stadt Lexington war das nächste Ziel, um alle Vorräte aufzufüllen. In Lexington erwarb Stan zwei Reitpferde und alles was nötig war, um den Rest der Reise zu überstehen. Nach zwei Tagen ging es weiter in Richtung Omaha.

Die Fahrt wurde jetzt abwechslungsreicher. Hin und wieder sah man nun Eisenbahnarbeiter. Der kleine Joe verfolgte alles sehr aufmerksam. Kurz vor Lincoln sahen Lydia und Stan Rauchwolken am Horizont. „Ich reite voraus und sehe mir das einmal an. Nimm das Gewehr.", sagte Stan etwas besorgt zu seiner Frau. Er selbst nahm den umgebauten Colt mit. Vor der Reise konnte Stan noch die letzte Stufe seiner Umbauaktion erledigen. Stan ritt los. Von weitem konnte er erkennen, dass Männer auf Pferden fünf Planwagen angriffen. Waren es Indianer? Stan kam näher. Es schien eine Bande zu sein. Mit Halstüchern verdeckten sie ihr Gesicht. Bis auf 1500 Meter näherte sich Stan an. Jetzt konnte er genau erkennen, dass Frauen und Kinder in den Planwagen waren. Die Väter verteidigten sich tapfer, waren aber chancenlos. Sie waren mit der Bande völlig überfordert. Stan suchte sich eine leichte Anhöhe. Jetzt schraubte er Laufverlängerungen an seinen umgebauten Colt. Er wechselte die Trommel aus, befestigte ein Zielfernrohr und legte die Spezialmunition mit Kysilium ein. Die 1500 Meter waren locker zu schaffen. Er zielte auf die Bande. Natürlich sollten die Frauen, Männer und Kinder nicht verletzt werden. Stan schoss. Das Geschoss heulte durch die Luft. Es erinnerte Stan fast an ein startendes Raumschiff. Eine Explosion zwischen den Angreifern. Sie irrten herum. Stan schoss wieder. Eine Kugel legte er noch nach. Wieder Explosionen. Die überlebenden Angreifer suchten das Weite. Mittlerweile war Lydia mit dem Planwagen angekommen. Sie fuhren nun zu den Familien.

Die Kinder liefen Lydia und Stan schon laut rufend entgegen: „Sie haben uns gerettet, sie haben uns gerettet! Dankeschön!" Abends am Lagerfeuer erzählten alle Geschichten aus dem Leben. Für Lydia und Stan waren diese Geschichten sehr interessant, denn sie mussten sich schließlich eine Vergangenheit aufbauen. Die Gruppe kam aus Irland und wollte sich als Farmer in Amerika niederlassen.

Zunächst dachten sie an das Gold. Aber als Goldgräber war es mit Kindern viel zu gefährlich. Alle zogen von Dublin aus in den Westen. „In Dublin wohnen meine Eltern.", sagte Lydia. „Ach, wie klein die Welt ist. Wo denn da?", fragte Jane McReed. „Nahe des Flughafens, äh, ich meine des Hafens.", verbesserte sich Lydia. „Ja, der Hafen zur Irischen See ist wunderbar. Wir haben ihn oft besucht.", so Jane.

Nun hatten Lydia und Stan ihre Lebensgeschichte. Zufrieden legten sich alle um das Lagerfeuer zum Schlafen.

Nach der Verabschiedung am frühen Morgen zogen die Farmer nach Westen und Lydia und Stan weiter nach Osten. In Omaha, nach langen 600 Meilen, wurden sie vom Hilfssheriff Cliff Northon freudig empfangen. „Ich habe für sie ein Hotelzimmer gebucht. Robert kümmert sich um ihr Gepäck und den Planwagen. Ruhen sie sich erst einmal gut aus."

Am nächsten Tag ging Stan ins SHERIFF'S OFFICE und erklärte sein Anliegen. „Deputy, wir wurden auf dem Weg hierher überfallen. Irische Farmer, die nun auf dem Weg nach Westen sind, können dies bestätigen. Unsere Ausweispapiere sind verbrannt. Lediglich die Arbeitspapiere für mich und meine Frau habe ich noch." „Das ist kein Problem. Ihr Ruf eilte von Colorado Springs voraus. Ich werde alles Nötige veranlassen. Aber auch die Stadt Omaha hat ein Anliegen. Unser Sheriff ist vor 6 Tagen erschossen worden. Am Sterbebett gab er mir dieses Telegramm von seinem Freund in Colorado Springs. Sie haben dort die Stadt gerettet und das Leben vieler Bewohner. Ich möchte sie zum Sheriff von Omaha vereidigen.", so der Hilfssheriff Cliff Northon. „Ich nehme den Posten gerne an.", sagte Stan Thor.

Lydia und Stan richteten sich in einem kleinen Haus am Rande der Stadt gemütlich ein. Es hätte auch noch ein größeres Haus gegeben, aber der große Stall war dann doch ausschlaggebend. Hier konnte Stan seine Arbeiten an den Feuerwaffen fortsetzen. Und gerade damit begann er sofort, während seine Frau das Haus einrichtete. Herrliche Stoffe für Vorhänge, ein wunderschönes rotes Sofa, ein Teeservice aus Germany und viele Dinge mehr, die Lust auf einen gemütlichen Feierabend machen sollten. Die Kinder aus der Nachbarschaft brachten dem kleinen Joe Spielzeug aus Holz. Lydia fand eine Anstellung als Lehrerin. Nun hatte sie keine Raumschiffcrew unter sich, sondern eine Bande lieber Kinder. Es war natürlich eine Umstellung, von Galaxien, dem Universum oder gar dem Omnium, auf die Grundrechenarten umzusteigen. Manchmal war es für Stan und Lydia auch schwer, ihr Wissen für sich zu behalten.

„Guten Morgen, Cliff. Ist ein herrlicher Tag heute.", sagte Sheriff Stan Thor. „Ja, wunderbar. Haben sie sich gut eingerichtet, Sheriff?" „Wir sind sehr zufrieden. Es sind so viele nette Menschen in ihrer, sorry, unserer Stadt." „Stimmt. Unser ehemaliger Sheriff hatte alles gut im Griff. Wir haben nur Probleme mit den Besitzern der Erzmine im Norden." „Hat der Tot des Sheriffs damit zu tun?" „Korrekt. Und ich würde denen gern das Handwerk legen." „Sagt ihnen der Name Pedro Morgeno etwas?", fragte der Sheriff. „Ja, der Sheriff in Colorado Springs sendete einmal ein Telegramm. Mehrere Mexikaner wurden verschleppt. In der Mine arbeiten viele Mexikaner. Die Besitzer, die Brüder Dennon, haben eine Festung aus der Mine gemacht. Niemand kommt rein, niemand raus. Sie selbst kommen samstags zum Bier in die Stadt und nehmen Proviant mit." „Und was geschah mit dem Sheriff." „Es gibt angeblich keine Zeugen, denn die Brüder Dennon zwangen alle Besucher des Saloons sich umzudrehen. Angeblich sollte es ein faires Duell gewesen sein. Aber der alte Hardy sagte, der Sheriff wurde von zwei Mann festgehalten." „Wo finde ich diesen Mr. Hardy?", fragte der

Sheriff nach. „Erschossen. Zwei Tage nach der Aussage fand ich ihn hinter dem Pferdestall." „Morgen reite ich zu der Mine, werde die Lage einmal prüfen." „Soll ich sie begleiten?" „Nein, in der Stadt muss ein Gesetzesvertreter bleiben." „Aber Pete könnte sie begleiten. Er kennt den Weg." „Okay, damit bin ich einverstanden."

Am nächsten Morgen starteten Sheriff Stan Thor und Pete zur Mine. „Dort sind die ersten Wachposten Sheriff. Wir reiten um die Felsen herum, dann können sie den Eingang der Mine sehen.", erklärte Pete. Mit seinem Fernrohr sah der Sheriff, dass die Arbeiter ausgepeitscht wurden. Ein Mexikaner lief davon. Er wurde von einem Aufseher ohne zu zögern erschossen. Pete sagte: „ Das war Mike Dennon, er trägt ein rotes Halstuch. So ein Schwein. Aber alle sind sie Schweine." Pete war verbittert.

Am Abend beratschlagten Cliff Northon und Stan Thor die Lage. „Wir müssen einen Marshal und das Gericht einschalten.", sagte Stan. „Ich dachte, sie sind auch Marshal. So schrieb es doch der Sheriff in Colorado Springs." „Ach, das ist eine andere Geschichte, darüber reden wir später. Morgen ist Samstag. Ich nehme mir die Dennon's morgen zur Brust."

Lydia hatte ein herrliches Abendessen vorbereitet. „Was macht unser Sohn?", fragte Stan. „Er wächst und gedeiht, Liebling. Mit seinem Holzrevolver spielte er heute mit den Kindern im Hof. Soll er später auch einmal Marshal werden? Was meinst Du?" „Politiker wäre mir lieber. Wir kennen doch die Weltgeschichte." Nach dem Essen ging Stan noch in den Stall, den er sich zu einem Arbeitsraum eingerichtet hatte. Es wurde spät. „Schläfst du Schatz?" „Ich habe noch auf dich gewartet. Die Rechenarbeiten habe ich schon korrigiert. Was hast du gearbeitet?" „Ich habe den Colt weiter verbessert. Schlafe gut, mein Darling."

Der Samstag begann ruhig. Gegen 16 Uhr trafen die Dennon's in der Stadt ein. Nach dem Einkauf gingen Big Dennon, Jack Dennon und Mike Dennon in den Saloon. Sheriff Northon trat ein: „Mein Name ist Stan Thor, ich bin Sherif in dieser Stadt. Um mir einen Überblick zu verschaffen werde ich sie Montag besuchen." „Was sagt die Kakerlake?", murmelte Big Dennon. „Die Kakerlake will zum Tee kommen, Big Dad.", provozierte Mike Dennon. „Ach ja, Mike Dennon?" „Was willst du, Kakerlake?" „Ich nehme sie wegen Mordes im Namen des Gesetzes fest." Mike Dennon griff zum Revolver. Der Sheriff war schneller. „Drücken sie ab, sind sie eine Leiche.", sagte der Sheriff. In diesem Augenblick kam der Hilfssheriff mit einer Winchester in den Saloon und hielt die anderen Dennon's in Schach. Jack und Big Dennon verließen die Stadt mit der Androhung: „Ich hole meinen Jungen hier raus. Und dich, Kakerlake, vernichte ich mit einem Kugelhagel!"

Mike Dennon wurde eingesperrt. „Ich telegrafiere Richter Smith in Kansas City, aber das wird 30 Tage dauern, bis er hier ist.", sagte Cliff Northon. „Nun, ich bleibe dabei, Montag erledige ich die Bande. Es dürfen nicht noch mehr Menschen in der Mine sterben." „Sheriff, muten sie sich nicht zu viel zu, man lebt nur einmal. Aber bei dieser Brutalität ist es fraglich, ob es noch Menschen im Jahr 2100 gibt." „Mann, wenn sie wüssten.", murmelte Stan Thor.

Sheriff Stan Thor machte sich am Montag um 9 Uhr auf den Weg zur Mine. Der Sheriff wollte die Sonne im Rücken haben. Er beobachtete wie Big Dennon, Vater von Jack, Norman, Robert und Mike, die Wachen verteilte. Drei Mann patrouillierten um den hohen Zaun herum. Der Sheriff wartete ab, die drei Männer ritten auf den Eingang zu. Die Sonne stand gut. Das Mündungsfeuer des umgebauten Colts konnten sie bestimmt nicht erkennen. Ein gezielter 1000-Meter-Schuss und die drei Reiter starben an der

Explosion. Das gut gesicherte Eingangstor brach zusammen. Die Dennon's und ihre Revolverhelden rannten aus dem Haus, schossen wild um sich und suchten Schutz. Der Sheriff ortete jeden von ihnen. Er schoss auf die Pferdetränke… eine gewaltige Explosion durch das Krysilium töte den Revolvermann. Der nächste 1000-Meter-Schuss traf das Haupthaus, es ging in Flammen auf. Die Sache lief gut. Plötzlich bemerkte der Sheriff, dass hinter seinem Rücken eine Handvoll Männer auf ihn zugeritten kamen. Der Sheriff ritt um den Hügel herum, um zurück in die Stadt zu kommen. Dort angekommen sah er die aufgeregten Bürger. Mike Dennon überrumpelte den Hilfssheriff und bot den Revolverhelden Ross und Clark 500 Dollar für die Ermordung von Sheriff Thor. Clark brachte noch seine fünf Freunde mit. „Sheriff, ich habe einen Fehler gemacht. Jetzt wird die Bande unsere Stadt in Schutt und Asche legen.", wimmerte Cliff Northon.

Alles beruhigte sich wieder, denn Sheriff Thor sagte mit seiner beruhigenden Stimme: „Alles wird gut, Leute. Ich nehme den Kampf auf. Wie in Colorado Springs benötige ich den schnellsten Reiter unter euch. Er muss frühzeitig ankündigen, wann die Bande von der Mine aus losschlagen will." Stan ließ seinen alten Planwagen aus dem Stall holen. „Ist der schwer zu schieben… Sheriff… was haben sie hier verbaut?", rief Pete und quälte sich mit vier weiteren Männern. Den Wagen ließ der Sheriff vor das Office schieben. Man sah wohl, dass die Holzräder durch Stahlräder ausgetauscht wurden. Aber der Rest schien Holz zu sein. Er war nun höher als sonst, das sah man aber nicht, da das bogenförmige Planwagendach viel verdeckte. Die Bürger sollten in ihren Häusern bleiben. Lydia und Joe versteckten sich im Office. „Sie kommen! Sie kommen!", rief der Beobachtungsposten. Jetzt war die Stadt totenstill. Aus zwei Richtungen griffen die Revolverhelden an. Sie sahen den Planwagen und den Sheriff darin, sofort schossen sie aus allen Rohren. Das

Planwagendach wurde weggeschossen. Der Wagen wurde durchlöchert. „Wir haben ihn! Legt die Stadt in Schutt und Asche!", schrie Big Dennon. Wie aus dem Nichts stand plötzlich der Sheriff im Planwagen und schoss im Zehntelsekundentakt auf alles was sich bewegte. Auf seinem Colt war ein langer Schacht angebracht, in dem 100 Schuss Munition waren. Die Revolverhelden waren irritiert und schossen entweder weiter oder suchten Schutz im Saloon. Der Sheriff setzte das nächste Magazin auf. Nun war die Munition mit Krysilium bestückt. 100 Schuss… unendliche Explosionen… es gab um den Planwagen herum nur noch Tote. Das Magazin war leergeschossen. Jetzt setzte Stan Thor die umgebaute Trommel mit 9 Schuss wieder in den Colt ein. Langsam ging er zum Saloon. Robert Dennon war noch nicht erledigt. Von einer Kugel getroffen stand er auf, versteckte sich hinter dem Planwagen und zielte auf den Sheriff. „Kakerlake, du bist jetzt dran!" Der Sheriff war in der Falle, er stand zwischen Planwagen und Saloon. Ein Schuss fiel. Robert Dennon brach zusammen. Lydia zielte genau. Als Captain der STAR MAR 8 war sie geschult. „Und jetzt mache sie fertig, Sheriff!", rief sie ihrem Mann zu. Vier Mann standen vor dem Saloon und waren geschockt. Sie zogen ihre Kanonen und schossen auf den Sheriff. Die Kugeln landeten im Sand, der Sheriff war noch zu weit entfernt. Die Männer luden nach. „Ihr seid verhaftet, legt die Waffen nieder!", rief der Sheriff. Die Männer schossen weiter. Stan Thor zog den Colt. Drei Kugeln aus Krysilium schossen pfeifend durch die Luft. Explosionen… Tote.

Revolverheld Frank Ross und Mike Dennon waren noch im Saloon. „Weitere 1000 Dollar wenn wir das Schwein erledigen.", bot Mike an. „Okay!", antwortete Frank Ross. Der Sheriff kam durch die Pendeltüren. Die Männer standen sich gegenüber. Der Sheriff hatte nun noch sechs normale Patronen. Es wurde nun ein echtes Duell. Ein Duell, wie es Stan Thor unendliche Male gegen Billy the Kid erlebt hatte, im Erlebnisraum auf dem Mars. Aber da war der Revolverheld virtuell. "Zieh!", schrie Mike Dennon. Der Sheriff achtete nur auf die Augen der Gegner. Er hörte nichts und sah nichts anderes. Dann das Zucken bei Frank Ross. Der zog den Revolver. Blitzschnell zog der Sheriff, mit dem Daumen spannte er den Hahn, der Zeigefinger reagierte sofort. Zwei Schuss! Die eine Kugel traf Frank Ross. Ross' Kugel traf nur die Pendeltür. Mike Dennon zog auch die Waffe. Wieder war der Sheriff schneller.

Die Stadt feierte den Erfolg. „Sheriff, was war denn nun mit ihrem Planwagen los, warum war der so schwer?", fragte Pete. „Ich habe Stahlplatten von den Eisenbahnen eingebaut.", antwortete der Sheriff. „Hey, unser Sheriff hat eine eigene Eisenbahn!", lachte Pete. „So, jetzt will ich noch los zur Mine. Ich habe dem kleinen Pedro ja etwas versprochen.", rief der Sheriff in die Runde. Der Sheriff nahm ein Bild von sich, mit seiner Frau und Joe, mit zur Mine. An der Mine angekommen fand er noch etwa eine Handvoll Mexikaner vor. „Ist Mr. Morgeno unter ihnen?", fragte der Sheriff. „Ich bin Jose Morgeno.", sagte ein Mann. „Dein Sohn hat mich geschickt. Hier sind 100 Dollar. Zeige ihm dieses Bild und grüße deinen Sohn von seinem Mr. Marshal."

Abends fielen sich Lydia und Stan in die Arme. „Was macht unser Sohn?", fragte Stan. „Er wächst und gedeiht.", lachte Lydia. „Ich erinnere mich gern an meinen Großvater. Er erzählte mir immer wieder von einem unserer Vorfahren. Ein Sheriff mit Namen Stan Thor. Er soll um das Jahr 1880 gelebt haben. Ich hielt das immer für eine spannende und erfundene Geschichte von ihm. Ist das nicht unglaublich?", sagte Stan. „Na, bei dem was wir beide so alles erlebt haben, wundert mich nichts mehr. Schlafe gut, mein Darling."

Viele, viele Jahre war Stan Thor noch Sheriff in Omaha. Jede Menge Abenteuer hatte er noch zu überstehen, denn der Wilde Westen war wild und unberechenbar, genauso wie das Universum. Lydia wurde Schulleiterin. Ihr Sohn Joe wurde in New York Richter. Bei Ausgrabungen im Jahr 1978 fand man nördlich von Omaha den Spezial-Colt und eigenartige, nicht von dieser Erde stammende Patronen, die hochexplosiv waren. Das unterlag der höchsten Geheimhaltung. 2016 fand eine Pfadfindergruppe im Gebirge westlich von Colorado Springs den Fluggleiter des Polizei-Raumschiffs STAR MAR 8. Das Notsignal SOS war immer noch aktiv. Fragen über Fragen…